Bernard Beckett · Wie du ihr

Bernard Beckett

WIE DU IHR

Roman

Aus dem Englischen von Christine Gallus

script5

FSC
www.fsc.org
MIX
Papier aus verantwortungsvollen Quellen
FSC® C083411

ISBN: 978-3-8390-0124-0
1. Auflage 2011

Erschienen unter dem Originaltitel *Jolt*

script5 ist ein Imprint der Loewe Verlag GmbH, Bindlach
Aus dem Englischen übersetzt von Christine Gallus
Umschlaggestaltung: Christian Keller
Printed in Germany (003)

www.script5.de

1

15. April

Als ich sieben war, habe ich dem Lehrer mal die Kreide geklaut. Ich brauchte sie für ein Spiel. Ein Mädchen aus meiner Klasse namens Susanna verpetzte mich und zur Strafe musste ich in der Mittagspause drinnen bleiben. An diesem Nachmittag habe ich zum ersten Mal in meinem Leben die Schule geschwänzt. Ich habe Susannas Adresse im Telefonbuch nachgeschlagen und bin zu Fuß zu ihr nach Hause gegangen. Als ich sicher war, dass keiner da war, habe ich ihre beiden Kaninchen erwürgt. Danach ging es mir besser.

Man schickte mich zu einem Kinderpsychologen. Er diagnostizierte einen stark ausgeprägten Racheinstinkt. Ich weiß noch, dass es viele Gespräche gab und ich Bilder malen sollte. Irgendwann erklärte er dann, die Therapie sei erfolgreich abgeschlossen. Aber das war leider falsch.

Gestern Abend habe ich den Arzt gesehen und wusste sofort, was ich tun musste. Ich habe keine Wahl. Ich werde ihn töten. Ich habe ihn nur kurz auf der Station gesehen. Er hat so getan, als wäre er ein ganz normaler Arzt. Als könnten die Risse, die beim Erdbeben entstanden sind, seine Vergangenheit verschlucken.

Am liebsten hätte ich ihn so lange angestarrt, bis er sich umgedreht und die Mordlust in meinem Blick entdeckt hätte. Dann hätte er vielleicht etwas von der Angst gespürt, die er verdient. Doch das ist sein Revier und ich bin nicht dumm. Meine einzige Waffe ist die Überraschung. Und weil ich das weiß, konzentriere ich mich darauf zu überleben.

Wenn mich jemand vor zwölf Tagen gefragt hätte, was Überleben bedeutet, hätte ich es nicht sagen können. Ich weiß, dass es zwölf Tage waren, weil es der Nachrichtensprecher in Lewis' kleinem Plastikradio gesagt hat. Lewis liegt im Bett gegenüber. Aber er ist fast nie da. Er wandert den ganzen Tag barfuß den klebrigen Fußboden der Station rauf und runter. In unruhigen Zeiten wie diesen steht Putzen ganz unten auf der Liste. Während er mit einer Hand das Radio ans Ohr presst, fummelt er mit der anderen am Eingriff seiner Schlafanzughose herum. Als wollte er allen zeigen, wie wenig ihm noch geblieben ist. Vielleicht tut er auch nur so, genau wie ich. Nur aus einem anderen Grund.

Zwölf Tage seit dem Erdbeben. Die Plünderungen sind endlich unter Kontrolle, wenn es stimmt, was sie im Radio sagen. Die Straße nach Norden ist wieder befahrbar, allerdings nur für offiziellen Verkehr. Und der Flugplatz kann möglicherweise nicht wieder aufgebaut werden. Man könnte mich also gar nicht besuchen kommen, selbst wenn jemand wüsste, dass ich hier bin. Es gibt immer noch keinen Strom, bis auf die Notstromaggregate. Die offizielle Anzahl der Toten beträgt siebenhundertdreiundzwanzig.

Dann schlurfte Lewis weiter den Flur entlang, wo ich ihn nicht mehr hören konnte, und ließ mich mit meinen Gedanken allein.

Zwölf Tage. Fünf Tage davon war ich auf jeden Fall draußen in den Bergen, das weiß ich noch. Und heute ist der zweite Tag hier drin, an dem ich die Pillen nicht mehr nehme, die sie mir auf dem klapprigen Rollwagen bringen. Fehlen fünf Tage. Tage, in denen ich draußen auf der Weide lag, ehe sie mich gefunden haben. Oder bewusstlos hier drin mit Millilitern des Vergessens, die mir Tropfen für Tropfen ins Blut flossen. Genug Zeit für den Arzt, um Pläne zu schmieden und Ausreden für die Medikamente zu erfinden, von denen er glaubt, dass er sie mir verabreicht. Aber ich habe jetzt meine eigenen Pläne. Kaninchenpläne. Rachepläne. Pläne, die aus dem Überleben wieder Leben machen werden.

2

Eigentlich wollte ich den Outdoorkurs gar nicht mitmachen. Mum hielt nicht viel davon. »In der elften Klasse sind andere Kurse wichtiger«, sagte sie. Aber ich wusste, dass ihr vor allem die zusätzlichen Kosten Sorgen machten. Damals hatten wir noch keine Ahnung, wie hoch der Preis tatsächlich sein würde.

Mr Camden hat mich angelockt. So wie er das schon seit fünfzehn Jahren tut. Am Ende des zehnten Schuljahrs fand eine Informationsveranstaltung statt, bei der sämtliche Kurse vorgestellt wurden, die wir in der elften Klasse belegen konnten. Die meisten Lehrer schlurften zum Pult und nuschelten Sachen ins Mikrofon, an die sie ganz offenkundig selbst nicht so recht glaubten. Von wegen »Mathematikkarriere« und so. Es war also nicht schwer für Mr Camden, Eindruck zu machen.

Er stellte sich vor uns hin und strahlte übers ganze Gesicht, als wären wir der Grund, warum er am Leben war. Ich sah, wie einige Lehrer hinter ihm die Augen verdrehten. Aber er bemerkte es nicht. Und falls doch, war es ihm egal. Mr Camden ist groß und schlank und läuft das ganze Jahr in kurzen Hosen herum, als wollte er damit irgendetwas beweisen. Es sind einfache, praktische Shorts – er ist kein Mensch, der die Dinge unnötig kompliziert. Ich schätze, er ist ungefähr fünfzig. Hoffentlich sehe ich mit fünfzig auch so aus – mit einem Gesicht voller interessanter Falten und mit Augen, die einen immer noch fesseln können. Augen, die mit jedem Bestandteil des Kurses, den er uns vorstellte, noch heller leuchteten: Kajak fahren, Zivilschutz, Erste Hilfe, Wassersport. Dagegen hatte Infinitesimalrechnung keine Chance.

Bei seiner Präsentation steuerte er zielstrebig auf einen Höhepunkt zu: die alljährliche mehrtägige Exkursion, an der alle Kursteilnehmer teilnahmen. An diesem Punkt wedelte er wie ein Fluglotse mit den Armen und vor lauter Aufregung hatte er in seinen Mundwinkeln Spucke. Es gab nur zwei Möglichkeiten: Entweder wurde man von Mr Camdens Begeisterung angesteckt oder man fand ihn einfach nur lächerlich. Für mich kam sein Angebot genau zum richtigen Zeitpunkt.

Damals war ich sechzehn und langweilte mich. Ich hatte das Gefühl, als würden die Jahre einfach über mich hinwegbranden. Ich sehnte mich nach etwas Neuem. Mr Camden und seine bescheuerte Begeisterung kamen wie gerufen. Ich trug mich noch am selben Abend für den Kurs ein.

3

16. April

Hier ist mein Platz zum Schreiben. Ich hab ihn gestern zufällig entdeckt. Es war zwar riskant herumzulaufen, aber ich habe es einfach nicht mehr länger im Bett ausgehalten. Mit diesem unerträglichen Gefühl, meine Zeit zu verschwenden und nur darauf zu warten, dass er wiederkommt. Als ich aufstand, hat mir alles wehgetan. Ich muss wirklich schwer verletzt gewesen sein. Viel schwerer, als ich dachte. Wenn ich mich zu weit vorbeuge, habe ich solche Schmerzen im Rücken, dass ich mich kaum noch bewegen kann. Ich spüre bei jedem Atemzug meine Rippen und mein Körper ist mit blauen Flecken übersät, die allmählich verblassen.

Von meinem Bett aus sehe ich den Flur und ich habe die anderen Patienten vorbeilatschen sehen. Es gibt viele verschiedene Arten, verrückt auszusehen. Ich habe meine eigene entwickelt. Ich gehe so gebeugt, wie das mit meinem Rücken geht, und taste mich mit winzigen Schritten vorwärts. Mein Mund steht offen, sodass mir die Spucke über die Unterlippe läuft. Bei den Augen muss ich am meisten aufpassen, damit sie mich nicht verraten. Es ist schwer, mit leerem Blick herumzulaufen, anstatt ihn auf irgendetwas zu richten. Zum Glück habe ich herausgefunden, dass sich ein Tränenfilm bildet, wenn man möglichst wenig blinzelt. Das hält die Welt auf Abstand.

Obwohl es im Moment nicht so aussieht, als würde mich irgendjemand aufmerksam beobachten. Vermutlich ist das nur eine provisorische Station – viele Dinge scheinen hier nur halb fertig zu sein. Die Ärzte und Schwestern wirken zerstreut. Als könnten sie es kaum erwarten, zu wichtigeren Dingen zurückzukehren. Die wenigen Pflegekräfte, die überhaupt hier sind. Manchmal ist es schwer, eine Krankenschwester zu finden, und wenn, dann sind sie immer in Eile und sehen müde aus. Wahrscheinlich ist das im Moment überall so. Wegen des Erdbebens. Das macht die Sache einfacher für mich. Nur vor dem Arzt muss ich mich in Acht nehmen. Soweit ich weiß, kommen die Ärzte immer nur einmal am Tag, meistens abends oder nachts, und machen hastig ihre Runden.

Also habe ich angefangen herumzulaufen. Es tut so gut, aus diesem Zimmer herauszukommen, dass ich mich beherrschen muss, um nicht zu lächeln. Ich wandere den Flur entlang und drehe eine Runde durch die Station. Am Schwesternzimmer vorbei, dann zu den Toiletten, durch den Aufenthaltsraum, in dem die Besucher sitzen und so tun, als würden sie den durchdringenden Uringestank nicht riechen. Und krampfhaft versuchen, nicht auf den laufenden Fernseher zu starren. Weiter zu den Zimmern, an deren Türen Schildchen mit unseren Namen hängen, falls wir sie vergessen haben. Auf meinem Schild steht »Chris«. Den Namen hat sich irgendein Arzt oder eine Schwester für mich ausgedacht und ich werde mich hüten, ihnen etwas anderes zu sagen. Gar nichts werde ich ihnen sagen. Ich laufe einfach nur den ganzen Tag durch die Gegend und sehe mich um, denn das ist besser, als nichts zu tun.

Bei meiner dritten Runde kehrte ich nicht zurück. Es war, als wollte ein Teil von mir davonlaufen. Und alles zurücklassen. Eine Telefonnummer wählen, reden, eine vertraute Stimme hören und einfach alles stehen und liegen lassen. Ich ging durch die große Glastür, als wäre ich überhaupt kein Patient, sondern irgendein Typ, der die Stromleitungen überprüft und zufällig einen Krankenhauspyjama trägt. Am verwaisten Empfangsschalter und am Aufzug neben dem Treppenhaus vorbei. Obwohl ich genau wusste, wie gefährlich mein Verhalten war, fühlte ich mich mit jedem verbotenen Schritt leichter. Aber viel weiter kam ich nicht. Das Schicksal ließ mich nicht gehen.

Ich kam zu einer interessant aussehenden Tür, in der sich ein kleines Glasfenster befand. Als ich durchsah, konnte ich kaum etwas erkennen, weil der Raum dahinter nur schwach beleuchtet war. Verwundert stellte ich fest, dass sie unverschlossen war, und ging durch einen kurzen dunklen Korridor, bis ich vor einer unverputzten Betonwand stand. Ich stand einfach nur da und atmete den feuchten, muffigen Geruch ein, während ich mir vorstellte, irgendwo anders zu sein. Nirgendwo zu sein. Einen kurzen Moment lang entspannte ich mich.

Von dem Gang gingen noch zwei weitere Türen ab. Auf einer Tür stand »Putzraum«. Sie war verschlossen. Auf der anderen stand »Heizung«. Als ich sie öffnete, stand ich hier in diesem Raum. Es ist kein richtiger Heizungskeller, sondern nur ein Raum, in dem sich die Ventile und Schalter für die Heizung in diesem Teil des Krankenhauses befinden. Ein kleiner, stickiger Raum, der gerade groß genug ist, dass sich jemand, der nach der Heizung sieht, darin bewegen kann. Mit einem Klappstuhl drin. Vielleicht bin ich nicht der Einzige, der sich hierher verzieht. Der Raum erinnert mich an einen Schrank bei uns zu Hause, in dem ich mich als Kind immer verkrochen und gemalt habe. Das hat mich auf die Idee mit dem Schreiben gebracht. Ich hatte gesehen, dass im Wartezimmer ein Notizbuch lag, und kehrte zurück, um es zu holen. Nachdem ich im Empfangsbereich einen Kugelschreiber aufgetrieben hatte, verbarg ich beides unter meiner Pyjamajacke und kam hierher zurück. Ich bin mir sicher, dass mich keiner gesehen hat.

Sobald ich mit Schreiben angefangen hatte, flossen die Worte nur so aus mir heraus. Ein Schwall voller Erinnerungen und Erleichterung. Alles aufzuschreiben wird mir helfen, nicht den Verstand zu verlieren, solange ich hier ausharren und seinen Tod planen muss. Und es wird mir helfen, meine Erinnerungen zu ordnen, die immer noch verschwommen sind. Weil die Medikamente sie zu Matsch gemacht haben.

Und es gibt noch einen Grund, warum ich all das aufschreibe. Das ist mein Beweismaterial, falls mein Plan misslingt. Ich werde an meine Schule einen Brief mit meinem Namen drauf schreiben. Sollte ich nicht mehr zurückkehren, wird hoffentlich jemand den Brief öffnen. In dem Brief wird stehen, wo ich die Notizen versteckt habe. In dem Hohlraum, der sich hinter einer Platte in der Wand befindet. Die Platte ist sehr schwer, aber man kann sie verschieben. Und dort verstecke ich das Notizbuch immer, wenn ich weggehe. Wenn ich alles aufschreibe, was passiert ist, dann besteht zumindest noch die Chance, dass die Welt erfährt, was er getan hat. Falls ich es nicht schaffe, ihn zu töten. Auch wenn das nur ein schwacher Trost wäre. Viel schlechter als die erste Möglichkeit. Und deshalb will ich jetzt gar nicht darüber nachdenken.

Vielleicht sollte ich noch erzählen, dass ich nicht weiß, wie ich hierhergekommen bin. Ich erinnere mich an die fünf Tage nach dem Erdbeben draußen in den Bergen. Aber die gehören zu der

Geschichte mit dem Arzt und deshalb werde ich sie an einer anderen Stelle aufschreiben. Eins nach dem anderen. An das, was danach passiert ist, habe ich so gut wie keine Erinnerung. Im Grunde kann ich nur raten. Jemand muss mich gefunden und ins Krankenhaus von Palmerston North gebracht haben, das einzige Krankenhaus in der Nähe, das noch stand. Ich war verletzt, erschöpft, dehydriert und stand wahrscheinlich unter Schock. Aber auf meiner Station liegen keine Patienten mit physischen Verletzungen. Wo ich liege, werden psychisch gestörte Patienten behandelt. Der Arzt muss mich gesehen haben, als sie mich brachten. Er muss überglücklich gewesen sein, dass ihm der einzige Zeuge seiner Tat auf diese Weise in die Hände fiel. Wahrscheinlich hat er irgendeine Ausrede erfunden, um mich hierher zu verlegen. Inmitten des Chaos war das bestimmt nicht schwer. Und dann hat er mir einen Medikamentenmix verschrieben, der mir den Verstand rauben sollte. Jedenfalls stelle ich es mir so vor. Ein einfacher Plan oder jedenfalls der erste Schritt, während er in Ruhe darüber nachdenken konnte, was er mit mir anstellt.

Aber irgendetwas muss schiefgegangen sein. Etwas, was ich nicht verstehe. Irgendwie habe ich aufgehört, die Medikamente zu nehmen. Ich weiß nicht, wie. Ich wünschte, ich wüsste es. Die vielen Lücken in meinem Gedächtnis machen mir Angst. Vielleicht war es ein Versehen. Vielleicht sind die Pillen auf den Boden gefallen, als eine Schwester gerade nicht hingesehen hat. Wie auch immer es kam – ich wurde befreit. Es war, als würde ich nach langem, tiefem Schlaf langsam wieder erwachen. Wie wenn man noch halb benommen ist und einem die Umgebung gleichzeitig fremd und bekannt vorkommt. Als hätte ich die ganze Zeit mit offenen Augen geschlafen. Erinnerungsfetzen aus den Tagen in den Bergen kamen zurück und mit ihnen die schrecklichen

Wachträume, immer mit dem Gesicht des Arztes darin. Der Albtraum ist immer noch gegenwärtig. Er lauert unter der Oberfläche meiner Gedanken. Und jedes Mal, wenn sich meine Gedanken bewegen, kommt ein Teil davon zum Vorschein.

Ich weiß noch, wie ich die ganze Nacht wach lag und verzweifelt versuchte, Ordnung in das Wirrwarr meiner Gedanken zu bringen. Ich musste mich beherrschen, um nicht laut loszuschreien. Am Morgen kam die Schwester ins Zimmer und schob ihren Rollwagen mitten durch meine Panik.

»Guten Morgen, stummer Chris«, sagte sie fröhlich, ohne mir in die Augen zu sehen. Als wüsste sie, dass es dort nichts zu sehen gab. »Gut geschlafen?« Sie plapperte munter weiter, während sie mir Puls und Temperatur maß, und währenddessen traf ich meine Entscheidung. Es schien mir einfacher und sicherer zu sein, stumm zu bleiben und nichts von mir preiszugeben. Aber das war gar nicht so leicht. Etwas in mir drin wollte schluchzend zusammenbrechen, sich an sie klammern und ihr alle Fragen stellen, die mich quälten. Sie bitten, mir unmögliche Dinge zu sagen. Dass alles gut werden würde. Doch mein Instinkt hinderte mich daran.

An jenem Abend, nach zwei weiteren Rollwagenbesuchen und zweimaligem Vortäuschen von Schlucken, sah ich den Arzt und wusste schlagartig Bescheid. Mein Instinkt hatte mir das Leben gerettet.

Jetzt spiele ich mein Spielchen weiter. Ich warte auf den richtigen Zeitpunkt und dann werde ich der Welt zeigen, dass Marko Turner nicht so ein Versager ist, wie alle immer gedacht haben. Ich werde es dem Arzt heimzahlen.

4

Bei der Exkursion des Outdoorkurses sollten wir Neuseeland von Ost nach West in sechs Tagen durchqueren. Mr Camden erklärte uns, dass wir die komplette Tour eigenverantwortlich planen würden. Wir sollten die Route bestimmen, die Risiken abwägen und uns um die Organisation kümmern. Seine Aufgabe war es lediglich, uns zu begleiten und zu beobachten. Wie sich herausstellte, sah die Wirklichkeit dann doch etwas anders aus. Mr Camden ist alles andere als ein passiver Typ und konnte es einfach nicht lassen, unauffällige Hinweise zu geben, Diskussionen zu lenken und uns dezent in die richtige Richtung zu steuern. Wir wollten ihm den Spaß nicht verderben und so hatten wir am Schuljahresende auf wundersame Weise exakt jene Route ausgearbeitet, die sämtliche vorhergehenden Klassen in den vergangenen fünfzehn Jahren beschritten hatten. Wir würden mit dem Bus nach Riversdale und von dort mit dem Fahrrad zu den Ausläufern der Tararua-Berge fahren. Anschließend planten wir drei Tage ein, in denen wir über die Gebirgskette wandern würden. Und zuletzt würden wir noch mit dem Kanu den Otaki River hinunterfahren. Plus ein Tag Reserve. Kinderleicht.

Wir trafen uns am frühen Freitagmorgen, um unsere Fahrräder

auf das Begleitfahrzeug zu verladen und das Essen aufzuteilen, das die meisten Gruppen am Vorabend noch rasch zusammengekauft hatten. Wir waren so gut vorbereitet, wie man nur sein kann, wenn man sich auf den letzten Drücker um alles kümmert. Natürlich hatten wir im Unterricht alles genau besprochen. Aber das war eben nur Theorie. Man brauchte sich nur auf dem Platz vor der Turnhalle umzusehen, um zu erkennen, dass unsere praktischen Fähigkeiten eher bescheiden waren. Vollgestopfte Rucksäcke, die nicht mehr zugingen. Herumbaumelnde Ausrüstung, die sich beim ersten Windstoß verselbstständigen würde. Schüler, die zum dritten Mal ihre Sachen umpackten und bei jedem Mal vor noch unförmigeren Taschen kauerten. Schwere Kleidung, die sich mit Wasser vollsaugen, und Jacken, die keinem Regenguss standhalten würden.

Bei den Rädern sah es nicht viel besser aus. Ich half beim Beladen des Anhängers, weil ich nervös war und so wenigstens etwas zu tun hatte. Es gab genügend Anzeichen bevorstehender Katastrophen: abgefahrene Reifen, rostige Ketten und Bremskabel, die jeden Moment reißen konnten. Für einen Außenstehenden sah es vielleicht so aus, als hätte man uns schlecht vorbereitet, aber das stimmte nicht. Und vielleicht sah es auch so aus, als wäre uns die bevorstehende Tour völlig egal, aber auch das stimmte nicht. Man musste nur den Gesprächen zuhören, um zu wissen, wie angespannt wir alle waren.

»Trag du das, du Arsch.«

»Ich hab schon das Zelt.«

»Dann sag mir, wo ich das Ding noch hinpacken soll. Überzeug dich selbst, da geht nichts mehr rein! He, was machst du denn da?«

»Das brauchst du nicht.«

»Lass den Scheiß! Ich wühle doch auch nicht in deinen Sachen herum.«

»Mach ruhig. Bei mir wirst du nicht so einen Mist finden.«

»Aber das gehört mir.«

»Und das ist unser Zelt. Oder willst du es etwa hierlassen?«

»Na schön, aber wehe, wenn ich …«

Wir fühlten alle das Gleiche. Wir fragten uns, was sein würde, wenn wir es nicht schafften, und wem wir dann die Schuld dafür geben würden. Doch keiner von uns ahnte auch nur im Entferntesten, was uns da oben in den Bergen erwartete.

Der Bus kam. Ich sah, wie Jeremy, der für die Buchung zuständig gewesen war, erleichtert aufatmete. Wir waren achtzehn Schüler, die in vier Gruppen unterteilt waren, und Mr Camden. Die anderen drei Erwachsenen fuhren mit dem Auto, er nicht. Er hielt es nicht aus, so weit ab vom Geschehen zu sein. Er sprang als Letzter die Stufen hoch und betrachtete uns strahlend. Er tat so, als zählte er uns, aber das war nicht seine Aufgabe. In Wirklichkeit nutzte er die Gelegenheit, um den Anblick in sich aufzusaugen: Hier saßen sie, seine jüngsten Rekruten. Er spielte gerade mit dem Gedanken, eine seiner kleinen Reden zu halten, und spitzte schon die Lippen, als der Motor mit einem tiefen Brummen ansprang. Wir fuhren ab. Es ging los.

Die Fahrt dauerte gute drei Stunden. Zuerst taten wir so, als wäre es eine stinknormale Busfahrt. Wir hockten neben unseren Freunden, hingen über die Rückenlehnen und diskutierten über Musik. Etwa eine halbe Stunde nach der Abfahrt fanden wir uns instinktiv zu unseren Gruppen zusammen und plötzlich drehten sich die Gespräche um Entfernungen und Mahlzeiten. Angespannte Gespräche, bei denen die Leute vorsichtige Fährten der Schuld legten, falls alles schiefging.

Meine Gruppe war mit Abstand die schlimmste. Theoretisch waren die Gruppen nach Leistungsvermögen eingeteilt worden. Aber seitdem war viel verschoben und getauscht worden. Ich bin eher jemand, der seine Meinung für sich behält. Und so kam es, dass ich von den sozialen Strömungen mitgeschwemmt wurde und schließlich bei der Gruppe der Übriggebliebenen landete.

Offiziell waren wir die »mittelstarke Gruppe«. Wir dachten alle das Gleiche: dass die anderen drei Gruppenmitglieder nicht unbedingt zu den Leuten gehörten, mit denen wir freiwillig sechs Tage unseres Leben verbringen würden. Jonathan lässt sich von allen am einfachsten beschreiben, also fange ich mit ihm an. Er besaß eine spezielle Gabe, die wir alle nur zu gut kannten. Nämlich die Gabe, anderen Leuten auf den Geist zu gehen. Das hört sich noch nicht so schlimm an, aber Jonathan hatte das Nervtöten so perfektioniert, dass es schon beinahe eine Kunst war. Er war wie eines dieser sportlichen Naturtalente, die, ohne groß zu üben, einfach alles können. Jonathan konnte andere kränken, ohne dass er sich anstrengen musste. Als ich ihn zum ersten Mal in Aktion erlebte, war Mr Camden sein Opfer. Gleich zu Anfang des Schuljahrs, zwei Wochen nach Kursbeginn.

Wir machten gerade unsere erste praktische Orientierungsprüfung. Wir sollten eine bestimmte Strecke durch das Kiefernwäldchen hinter der Schule zurücklegen. Ich hatte meinen Test schon einige Tage zuvor absolviert und half Mr Camden am Zielpunkt beim Aufschreiben der erreichten Zeiten. Jonathan tauchte als Erster zwischen den Bäumen auf. Er musste nur noch eine Station abhaken und hatte noch jede Menge Zeit. Er ist ziemlich fit und zu hinterhältig, um dumm zu sein. Sobald er uns entdeckte, hörte er auf zu laufen und schlenderte gemächlich auf uns zu. Als wären wir alte Freunde, die er zufällig bei einem

Waldspaziergang getroffen hatte. Er wusste genau, dass die Stoppuhr immer noch lief.

»Hallo, ihr beiden. Hier, bitte schön.« Er reichte Mr Camden sein Klemmbrett mit dem Blatt, auf dem die Stationen kontrolliert wurden.

»Du musst noch zu einer Station, Jonathan«, ermahnte ihn Mr Camden pflichtbewusst.

»Ich weiß. Aber ich glaube, ich hör hier auf.« Jonathan zuckte mit den Achseln und lächelte.

»Was soll das heißen? ›Ich hör hier auf.‹ Dir fehlt nur noch ein Kontrollpunkt. Du bist so gut in der Zeit, dass du noch eine Eins schaffen kannst! Worauf wartest du?«

»Welche Note bekomme ich denn, wenn ich jetzt aufhöre?«, fragte Jonathan mit Unschuldsmiene. Mr Camden starrte ihn an, als könnte er die Frage nicht einmal ansatzweise verstehen. »Du hast noch drei Minuten für die letzte Station. Dann bekommst du die beste Note. Also los. Beeil dich! Die Zeit läuft.«

»Wenn ich die letzte Station nicht schaffe, bekomme ich immer noch eine Drei, stimmt's?«, fragte Jonathan erneut.

»Mensch, Jonathan! Du kannst die Station von hier aus sehen! Lauf jetzt dahin oder du bekommst überhaupt keine Note.« Und schon saß er in der Falle. Bei Jonathan sah man die Gefahr nicht einmal kommen.

»Aber das geht nicht! Ich werde mich beschweren. Mit einer Drei kann ich gut leben. Drei ist schließlich immer noch befriedigend.« Er tippte auf das Klemmbrett und schlenderte davon, während Mr Camden dunkelrot anlief. Er hat Jonathan das niemals verziehen. Von diesem Tag an pickte er Jonathan immer heraus und versuchte sogar, ihn aus dem Kurs zu werfen. Aber genau das bereitete Jonathan erst recht Vergnügen. So tickt er nun einmal. Bestimmt nicht der Typ von Mensch, mit dem ich gerne eine lange Wandertour machen würde. Während der Busfahrt habe ich ihn genau beobachtet und mich gefragt, wie lange es dauern würde, bis er meine Abwehrmechanismen durchschaut hatte.

Dann war da Rebecca, die in unserer Gruppe eigentlich nichts zu suchen hatte. Eine Woche zuvor war sie noch in der Elitegruppe gewesen, die vorhatte, die komplette Tour in nur vier Tagen durchzuziehen. Sie war fit und sehr beliebt. Ihr Vater war Sportlehrer an der Uni. Aber selbst Leute wie Rebecca machen Fehler. Eigentlich war sie mit einem Typen namens Shannon Robertson zusammen. Er war zwar nicht in unserer Klasse, aber mit einigen Schülern ihrer Gruppe eng befreundet. Dummerweise hatte jemand gesehen, wie sie am Wochenende mit einem anderen Typen von einer Party verschwand. Shannons Freunde nahmen ihr das ziemlich übel und warfen sie kurzerhand aus der Gruppe. Wir waren ihre Strafe. Wahrscheinlich ist noch mehr passiert, aber meistens bekomme ich solche Geschichten nur halb mit. Ich weiß nur, dass Christina Meade, bei der ich auf der Exkursion einen Annäherungsversuch machen wollte, befördert wurde. Und dass Rebecca, die mir ein bisschen Angst machte, ihren Platz in unserer Gruppe übernahm. Am Anfang der Exkursion war sie ständig hin- und hergerissen. Einerseits hätte sie am liebsten die Führung übernommen und uns gezeigt, was wir alles verkehrt machten. Andererseits war sie immer noch beleidigt und fest entschlossen, ihr Unglück stumm zu ertragen.

Lisa ist schwieriger zu beschreiben. Über sie wusste ich am wenigsten. Ich glaube nicht, dass sie irgendjemanden in der Klasse besonders gut kannte. Sie war erst vor Kurzem von einer reinen Mädchenschule zu uns gewechselt und hatte noch nicht allzu viele Freunde gefunden. Man konnte nur schwer einschätzen, ob ihre Zurückhaltung davon kam, dass sie neu war, oder ob sie grundsätzlich ein eher stiller Mensch war. Selbst nach zehn Wochen machten die Leute immer noch eine kleine Pause, ehe sie ihren Namen sagten. Als müssten sie kurz überlegen, wie sie hieß.

Und dann war da natürlich noch ich. Ich frage mich, was wohl die anderen über Marko Turner sagen würden. Wahrscheinlich auch, dass ich eher ruhig bin. Und ein bisschen weich. Wenn der Arzt tot ist, werden sie ihre Meinung ändern.

5

18. April

Gestern konnte ich nichts aufschreiben. Es war zu gefährlich, hierherzukommen.

Ich habe den Arzt wiedergesehen. Als ich gestern Abend aufwachte, stand er direkt neben meinem Bett und kontrollierte meinen Puls. Am liebsten hätte ich laut losgeschrien und meine Hände um seinen Hals gelegt. Irgendwie habe ich es geschafft, mich zu beherrschen, und meine Augen dazu gebracht, sich nach kurzem flackerndem Blick wieder zu schließen. Und während ich langsam weiteratmete, versuchte ich verzweifelt, meinen rasenden Herzschlag zu beruhigen. Ich hörte, wie er ans Bettende trat und die Einträge auf meiner Krankenkarte überprüfte. Und die ganze Zeit spürte ich, wie blinder Hass in meiner Brust aufstieg und sich mit meiner Angst vermengte. Dann hörte ich, wie er aus dem Zimmer ging. Ich ging das Risiko ein und machte die Augen auf. Er stand immer noch draußen im Flur und sprach mit einer Schwester. Bestimmt über mich. Über meine Medikamente.

Das Mittel, von dem er denkt, dass ich es bekomme, muss sehr stark sein. Nach vier Tagen ohne Pillen kann ich immer noch nicht richtig klar denken. Manchmal sehe ich alles nur verschwommen und ich kann nur ein paar Sätze schreiben, ehe die Wörter vor meinen Augen verschwimmen.

Bis jetzt haben mir drei verschiedene Schwestern meine Medikamente gebracht. Über zwei von ihnen mache ich mir überhaupt keine Gedanken. Sie haben es immer eilig und scheinen mich kaum zu beachten. Bei ihnen ist es leicht, die Pillen unter die Zunge zu schieben. Ich muss nicht einmal so tun, als würde ich sie hinunterschlucken. Die dritte heißt Margaret und bei Margaret muss ich aufpassen. Sie ist älter als die anderen, vielleicht so alt wie meine Mutter. Nachdem sie mir gestern Abend den kleinen Plastikbecher mit den drei klappernden Pillen in die Hand gedrückt hatte, ließ sie mich nicht aus den Augen. Ich sah weg und tat so, als hätte ich nichts bemerkt. Aber ich spürte noch immer ihren Blick auf mir. Sie wartete, bis ich ihr den leeren Becher zurückgegeben und das Glas Wasser komplett ausgetrunken hatte. Es ist, als wüsste sie Bescheid, sagte aber nichts, weil sie sich nicht verraten will. Genau wie ich.

Heute habe ich es wieder riskiert, hierherzukommen. Einen weiteren Tag, ohne zu schreiben, hätte ich nicht ausgehalten. Im Schwesternzimmer standen zwar zwei Pflegerinnen, aber sie waren in einen dicken Ordner vertieft. Ich schlich mit gesenktem Kopf vorüber und hoffte, dass sie mich nicht bemerkten. Sobald ich außer Sichtweite war, rannte ich los, damit ich sie, falls sie mir folgten, abhängen konnte. Ich beschloss, sicherheitshalber noch eine Weile zu warten, ehe ich das Notizbuch aus dem Versteck hervorholte. Vorsichtig zu sein ist mir in Fleisch und Blut übergegangen.

Als die Tür aufging, hatte ich schon halb damit gerechnet. Ich hatte versucht, die Tür abzuschließen, aber es gab keinen Schlüssel. Ich saß mit angezogenen Knien auf dem Klappstuhl und versuchte, harmlos und verrückt auszusehen. Zum Glück war es nur Andrew, einer der Krankenpfleger. Wahrscheinlich waren die Schwestern zu beschäftigt und haben ihn geschickt. Ich habe keine Ahnung, wie er mich hier gefunden hat. Er ist einer von den Netteren hier, soweit ich das beurteilen kann. Er lächelt immer – ganz egal, ob er mit einem arroganten Arzt oder einem durchgeknallten Patienten spricht. Aber ich vertraue ihm trotzdem nicht. Ich vertraue niemandem, ehe ich meine Aufgabe nicht erledigt habe.

Als er mich anlächelte, lächelte ich zurück. Ich rührte mich nicht.

»Alles in Ordnung mit dir?«, fragte er. Ich antwortete nicht. Ich versuchte, ihn mit schierer Willenskraft dazu zu bringen, mich in Ruhe zu lassen und wieder zu verschwinden. Aber er musste zuerst eine Weile darüber nachdenken und sah mich lange an.

»Na schön. Dann ist das unser kleines Geheimnis«, flüsterte er schließlich. Ich musste mir auf die Zunge beißen, damit er mir nicht ansah, wie erleichtert ich war. Er machte die Tür wieder zu und ich stellte den Klappstuhl mit dem Rücken vor die Tür. Das war vor einer Dreiviertelstunde und bis jetzt ist immer noch keiner aufgetaucht. Also gehe ich davon aus, dass ich unbesorgt weiterschreiben kann.

6

Riversdale ist keine Stadt. Es ist nur ein Punkt auf der Landkarte, an dem die zerklüftete Ostküste einem winzigen Strand Platz gemacht hat. Ein paar Ferienhäuser scharen sich um den einzigen kleinen Laden, einen Campingplatz und einen Golfplatz. Von dort schlängelt sich eine sechzig Kilometer lange Straße bis nach Masterton. Die Straße führt durch eine karge Gegend, in der windstille Tage im Kalender angekreuzt werden. Schafland, das langsam in Kiefernwälder übergeht und so hügelig ist, dass sich die Gespräche abrupt ums Radfahren drehten, als wir durch die Busfenster nach draußen sahen.

Unsere Unterkünfte lagen etwa einen Kilometer vom Strand entfernt und waren ursprünglich für Schafscherer gebaut worden. Die kleinen Holzhütten standen im Halbkreis auf einer Wiese. Auf einer Seite befanden sich die Küche und zwei Außentoiletten. Es war alles ziemlich rustikal, aber laut Mr Camden »die luxuriöseste Unterkunft unserer Reise, also genießt es!« Und das taten wir. Wir legten uns in die Sonne, taten so, als wäre dies der Beginn schöner Ferien, und hofften, dass sich jemand anders freiwillig bereit erklären würde, sich ums Abendessen zu kümmern.

Wir waren die letzte Gruppe, die sich selbst organisierte. Es war der einzige Abend, an dem uns ein Backofen zur Verfügung stand, und wie alle anderen hatten wir uns für einfache Gerichte entschieden: zwei extragroße tiefgefrorene Pizzas, die irgendwo zwischen unserer Ausrüstung langsam auftauten.

»Was macht denn unser Abendessen?«, erkundigte sich Jonathan, als die anderen Gruppen nacheinander mit dampfenden Tellern aus der Küche auftauchten.

»Dafür bin ich nicht zuständig«, erwiderte Rebecca schnippisch.

»Hat ja auch keiner behauptet.«

Lisa lag mit dem Kopf auf dem Rucksack im Gras und stellte sich schlafend. Ich tat das Gleiche, obwohl ich einen Riesenhunger hatte. Ms Jenkins, die unsere Gruppe begleitete, war auch bei uns. Wir sollten sie ebenfalls mit Essen versorgen. Bestimmt wäre sie am liebsten aufgestanden und hätte sich selbst ums Essen gekümmert, aber das durfte sie nicht. Sie musste sich zurückhalten und durfte nur beobachten. Das waren die Regeln. Wir hatten uns im Bus über sie unterhalten, aber keiner von uns hatte sie jemals als Lehrerin gehabt. Sie kam frisch von der Uni, unterrichtete Naturwissenschaften und war noch ziemlich jung. Sie hatte schüchtern gewirkt, als sie sich in der Woche zuvor der Klasse vorgestellt hatte.

»Wenn du Hunger hast, dann kümmer du dich doch ums Essen«, sagte Rebecca.

»Wer hat denn behauptet, dass ich Hunger habe?«, erwiderte Jonathan.

»Dann ist's ja gut. Ich hab auch keinen Hunger.«

»Ich glaube, Mr Camden will um acht Uhr unsere erste Gruppenbesprechung machen«, erinnerte uns Ms Jenkins. Keiner von uns reagierte. Nicht aus Unhöflichkeit, sondern weil keiner nachgeben und für den Rest der Tour eine Rollenverteilung festschreiben wollte. Rebecca gab als Erste auf.

»Euch kann man alle vergessen!« Sie stand auf und wühlte demonstrativ in unseren Taschen. Nachdem sie die Pizzas gefunden hatte, stapfte sie wutentbrannt Richtung Küche. Als sie kurz darauf zurückkam, blickte sie uns auffordernd an. Wahrscheinlich wartete sie darauf, dass sich jemand bei ihr bedankte. Als keiner etwas sagte, sah sie verdammt sauer aus. Sie zog ein kleines Notizbuch aus ihrer Tasche und kritzelte wütend hinein. Jonathan hockte im Schneidersitz auf der Wiese und drehte sich eine Zigarette. Ms Jenkins saß mutterseelenallein an dem einzigen Picknicktisch in der Mitte der Wiese. Ich stellte mich wieder schlafend. Lisa war mittlerweile wohl wirklich eingeschlafen. Wir warteten.

»Was macht denn unsere Pizza?«, erkundigte sich Jonathan zwanzig Minuten später.

»Woher soll ich das wissen?«, antwortete Rebecca.

»Willst du nicht mal nachsehen?«

»Ich hab sie schon in den Ofen geschoben. Geh du doch nachsehen.«

»Wie lange ist das her?«, fragte ich Rebecca, als mir zu spät dämmerte, welches Spiel sie spielte. In diesem Moment machte jemand über uns ein Fenster auf und zwei verkohlte Scheiben landeten unter johlendem Gelächter aus der Küche qualmend im Gras.

»Scheiße!«, sagte Jonathan. »Du hast sie verbrennen lassen.«

»Wieso ich?« Rebecca schaffte es, zugleich empört und triumphierend zu klingen.

»Wer denn sonst?«, erwiderte Jonathan.

»Kann ich was dafür, wenn ihr zu faul seid, um eure fetten Ärsche hochzukriegen?«

»Dann musst du uns wohl was anderes kochen.«

»Koch du doch was.«

»Ich hab's dir doch schon gesagt. Ich hab keinen Hunger. Außerdem hab ich vorhin schon was von den Nudeln von Andrews Gruppe probiert.«

»Was ist eigentlich mit unseren zwei Schlafmützen hier?«, sagte Rebecca und deutete auf Lisa und mich. »Laut Plan sind wir nämlich eine Gruppe, falls ihr das vergessen habt.«

»Da hat sie allerdings recht«, gab Ms Jenkins zu bedenken. Das war mir so peinlich, dass ich mein Schweigen brach. Obwohl ich keine Lust hatte, bei Jonathans Spielchen mitzumachen.

»Wir haben noch Brot und Käse«, sagte ich. »Ich kann uns ein paar Sandwiches machen.«

»Es kann sprechen«, bemerkte Jonathan spöttisch.

»Ich helfe dir«, sagte Lisa verschlafen.

Dummerweise war es zu spät. Mr Camden hatte beschlossen, die Besprechung früher abzuhalten, und ließ uns nicht mehr in die Küche. So blieb uns nichts übrig, als unsere Brote unter den hämischen Blicken der anderen im Gemeinschaftsraum zu essen, in dem es nach leckerem warmem Essen duftete. Während sich alle anderen ausgelassen unterhielten, saßen wir im einzigen Winkel, in dem missmutiges Schweigen herrschte. Rebecca kochte vor Wut, versuchte jedoch, sich vor der Topgruppe nichts anmerken zu lassen. Und mit jeder Minute, in der Rebecca sich ärgerte, schien sich Jonathans Laune zu heben.

Mr Camden forderte uns auf, unsere Pläne für den nächsten Tag vorzustellen. Die erste Gruppe wollte früh aufbrechen, um gegen 14 Uhr am Ende der hundert Kilometer langen Tagesetappe anzukommen. Anschließend hatten sie noch genug Zeit, um nach Cone Hut zu wandern, bevor es dunkel wurde. Die restlichen Gruppen hatten vor, etwas später aufzubrechen und lediglich die Fahrradetappe zurückzulegen.

Jede Gruppe bewohnte ihre eigene Hütte. Darauf hatte sich die restliche Klasse geeinigt. Einmal mehr wurde uns das Los der Übriggebliebenen zuteil. Obwohl wir es so lange wie möglich hinauszögerten, blieb uns irgendwann nichts anderes übrig, als uns in die kleine Unterkunft zurückzuziehen. In dem engen Raum war gerade genug Platz für zwei Etagenbetten und es gab nur ein Fenster, das fest verriegelt war. Als wir das Fenster mit vereinten Kräften endlich aufbekamen, schwirrte ein Mückenschwarm ins Zimmer und sorgte für eine neue Runde gegenseitiger Schuldzuweisungen. Eigentlich wäre das schon genug Ärger für die Nacht gewesen, doch Jonathan war unersättlich. Während wir anderen in unsere Betten krochen, beschloss er, in aller Ruhe in seinen Sachen herumzuwühlen. Er nahm seinen Rucksack, öffnete ihn und kippte den Inhalt auf dem Fußboden aus.

»Was machst du da?«, fragte Rebecca entnervt. Sie und ich hatten die oberen Betten belegt und von oben hatte sie die beste Aussicht auf den erbärmlichen Zustand seiner Ausrüstung.

»Umpacken.«

»Sieh dir mal diesen Haufen an. Willst du die Sachen etwa so mitnehmen?«

»Was geht dich das an?«

»Wo ist deine wasserdichte Gepäckhülle?«

»Brauch ich nicht.«

»Wart's ab, bis es regnet.«

»Ich hab genug Plastiktüten dabei.« Man hätte einen Dokumentarfilm darüber drehen können, wie gezielt er ihr auf die Nerven ging. Um ihn herum lagen mehrere in Plastiktüten gewickelte, unförmige Päckchen. Seine Sachen waren genau so verpackt, wie man uns vorher ausdrücklich abgeraten hatte.

»Du weißt genau, dass das so nichts bringt«, sagte Rebecca. »Da läuft oben Wasser rein.«

»Na und? Ist nicht dein Problem«, erklärte Jonathan achselzuckend.

»Ich weigere mich, mit dir aufzubrechen, wenn du so schlecht vorbereitet bist.«

»Ist mir doch egal.«

Lisa und ich beobachteten die Szene schweigend.

»Verdammt noch mal, die reißen doch sofort!« Verzweifelt sprang Rebecca aus ihrem Bett, schnappte das nächstbeste Paket und schwang es durch die Luft. Es wäre eine sehr überzeugende Demonstration gewesen, wenn sie nicht ausgerechnet die Tüte mit Jonathans Unterwäsche erwischt hätte. Ein Paar knallgelbe Boxershorts mit Smiley landete auf ihrem Kopf und es war absolut unmöglich, nicht zu lachen. Genau in diesem Moment betrat Ms Jenkins den Raum.

»Weißt du, Rebecca, du solltest deine Sachen nicht in Plastiktüten verpacken. Die sind nicht wasserdicht.« Jetzt mussten wir erst recht lachen.

»Vielen Dank für den Hinweis. Das weiß ich auch«, erklärte Rebecca wutschnaubend und kletterte in ihr Bett zurück.

»Dann ist's ja gut. Hier, Jonathan, deine wasserdichte Gepäckhülle, nach der du gefragt hast.« Sie reichte ihm die orangefarbene Plastikhülle und ging zur Tür. »Dann bis morgen.«

»Du bist wirklich ein Arsch, Jonathan«, murmelte ich, als sie weg war.

»Danke, ich tue, was ich kann.«

Lisa schlug vor, noch einmal unseren Proviant zu überprüfen, wie wir früher am Abend beschlossen hatten. Doch Rebecca hatte keine Lust mehr. Wahrscheinlich graute ihr schon vor Jonathans nächstem Einfall. Als ich mich an diesem Abend in meinen Schlafsack einwickelte, dachte ich bedrückt, dass die Tour nicht schlechter hätte beginnen können. Doch das war erst der Anfang.

7

19. April

Allmählich habe ich das Gefühl, meine Rolle schon viel zu lange zu spielen. Es ist, als wäre man unter Wasser gefangen. Während sich der Körper danach sehnt, den Mund zu öffnen, um endlich Luft zu holen, kämpft der Verstand gegen diesen Drang. Ich habe mal gehört, dass man beim Ertrinken irgendwann an einen Punkt kommt, an dem man sich nicht mehr wehrt. Am Ende siegt der Körper. Gestern Abend ist mir das auch beinahe passiert. Ich war auf der Toilette und hörte plötzlich ganz merkwürdige Laute. Ein paar Sekunden später merkte ich, dass es meine eigene Stimme war.

»Ich bin Marko«, murmelte ich. »Ich bin Marko.« Als wäre mein Kopf so sehr mit unausgesprochenen Worten gefüllt, dass sie einfach aus meinem Mund quollen. Und selbst als ich merkte, dass es meine eigene Stimme war, musste ich mich zwingen, wieder aufzuhören. Es tat so gut, diese Geräusche zu machen und das Schweigen zu brechen, das meinen Verstand quälte. Nur der Gedanke an den Arzt und daran, was ich ihm noch schuldig war, ließen mich wieder verstummen.

Heute musste ich mich auch wieder beherrschen. Mittlerweile

laufe ich den ganzen Tag herum, aber keiner scheint mich groß zu beachten. »Ich bin das nicht«, sage ich mir ständig im Geiste, aber das macht es auch nicht viel besser. Die Hälfte der Patienten hier würde behaupten, sie seien völlig normal. Manchmal bestätigen die Ärzte das sogar. Sie kommen mit dem Gutachten und den Entlassungspapieren und schütteln dem Patienten feierlich die Hand. Dann kommen die Familienmitglieder, die ihre Unsicherheit hinter erleichterten Mienen verbergen. Aber mich holt keiner ab. Der gute, alte Doktor hat andere Pläne für Marko Turner.

Man hat mir erlaubt, bei der Ergotherapie mitzumachen. Normalerweise ist so was nicht so mein Ding, aber an einem Tag voller Nichts kann sogar der Gang zur Toilette zum Höhepunkt werden. Wir machen Ledergürtel. Es ist ziemlich leicht, aber ich gebe mir Mühe, mich nicht allzu geschickt anzustellen. Das ist gar nicht so einfach, weil ich keine Ahnung habe, was sie von mir erwarten. Sie geben uns Lederstreifen und drei verschiedene Schablonen zur Auswahl. Mit denen hämmern wir dann die Muster drauf. Dann gibt es noch eine Stanze, mit der die Löcher gemacht werden. Es ist ein Vertrauensbeweis, dass sie uns mit so scharfen Werkzeugen arbeiten lassen. Aber Billy hat ihnen heute bestimmt Anlass zum Nachdenken gegeben.

Ich habe ihn nicht provoziert. Warum sollte ich? Ich arbeitete gerade an meinem dritten Gürtel und war in die einfache Arbeit versunken. Wahrscheinlich habe ich nur im falschen Moment aufgesehen, als er sich mit seinen ungeschickten Wurstfingern abmühte, die Gürtelschlaufe durch die viel zu enge Schnalle zu schieben. Dicke Finger an riesigen Pranken, die kein bisschen zu seinen mageren Armen passen. Er ist um die vierzig, hat eine Glatze, eine rote Nase und den Bauch eines Schreibtischarbeiters.

Seine Frau und zwei Kinder kommen ihn fast jeden Tag besuchen. Manchmal denke ich mir Geschichten zu den Patienten aus. Ich stelle mir vor, was sie aus der Bahn geworfen hat. Bei Billy muss ich immer wieder an seine Hände denken. Es würde jeden irgendwann verrückt machen, die falschen Hände zu haben. Ich habe kleine Hände wie meine Mutter. Vielleicht hat Billy meine Hände gesehen und dass ich schon zwei Gürtel fertig hatte. Vielleicht hat ihn das angekotzt. Oder vielleicht bedeutet verrückt zu sein auch einfach nur, dass man Dinge tut, für die es keinen Grund gibt.

Ein Gutes hat mir dieser Ort gebracht. Seit ich hier bin, hat sich meine Reaktionsfähigkeit enorm verbessert. Ich glaube kaum, dass ich die Bewegung unter normalen Umständen so schnell gesehen hätte. So konnte ich noch rechtzeitig ausweichen. Er verfehlte mich und stieß gegen einen Tisch, auf dem die Tonfiguren der vorherigen Gruppe standen. Als er sich zu mir umdrehte, kam all die Wut, die sich aufgestaut hatte, in mir hoch. Plötzlich stand nicht mehr Billy vor mir, sondern der Arzt. Ich packte ihn an den Schultern und stieß ihn mit ungeahnter Wucht gegen die Wand. Ich ging ganz nah an sein Gesicht heran und spürte, wie einfach es gewesen wäre, ihn zu töten. Nur dass es nicht den Arzt, sondern den armen Billy getroffen hätte und all meine Wut nutzlos war.

»Willst du Ärger?«, wollte ich ihm in sein armes, verwirrtes Gesicht zischen. Er wusste schon nicht mehr, wie er in diese Lage geraten war. Ich zwang mich aufzuhören. Und starrte ihn an. So wie es ein Verrückter tun würde, der nicht mehr redet. Zumindest hoffte ich das. Dann trat ich langsam zurück.

Es war das Richtige. Margaret war bei uns, und als ich mich umdrehte, sah ich, wie genau sie mich beobachtete und nach einem Anzeichen suchte. Sie weiß etwas. Da bin ich mir sicher. Vielleicht ist sie mir zu diesem Raum gefolgt. Vielleicht hat Andrew ihr etwas erzählt. Ich habe einen Faden von meinem Schlafanzug abgerissen und spanne ihn immer über das Versteck, wo ich mein Notizbuch aufbewahre. So kann ich überprüfen, ob es jemand gelesen hat. Das ist keine Paranoia, sondern gesunder Menschenverstand. Wenn man gesehen hat, was ich gesehen habe, gibt es da keinen Unterschied.

8

Am nächsten Morgen verstauten wir unser Gepäck im Begleitfahrzeug und brachen um halb zehn auf. Unser Fahrer hieß Joe – ein kräftiger Kerl mit Dreifachkinn. Sein Sohn hatte die Tour ein paar Jahre zuvor mitgemacht und seitdem stellte er der Schule seine Zeit und seinen Geländewagen kostenlos zur Verfügung. Wir waren die zweitletzte Gruppe, die aufbrach. Das war Mr Camdens Idee. Wahrscheinlich fürchtete er, dass er uns nie wiedersehen würde, wenn er uns als Letzte gehen ließ.

»Keine Angst«, rief er uns zu, als wir auf unseren Rädern durch das Tor auf die Straße hinausfuhren. »In den fünfzehn Jahren, in denen ich das schon mache, ist es noch nie vorgekommen, dass eine Gruppe den Abschnitt mit dem Fahrrad nicht geschafft hat.« Eigentlich hätte er wissen müssen, dass jemand wie Jonathan gar nicht anders konnte, als das als Herausforderung aufzufassen.

Eine Woche vor der Exkursion hatte Mr Camden eine ehemalige Profiradfahrerin in den Kurs eingeladen. Sie erklärte uns, wie man den Windwiderstand im Pulk reduzieren und den Kraftaufwand um ein Drittel verringern konnte. Damals hatte sich alles so einfach angehört. Ohne die Komplikationen des wahren Lebens. Ohne Komplikationen wie Jonathan.

Er und Rebecca fuhren voraus, gefolgt von Lisa und mir. Zum Schluss kam Ms Jenkins. Jonathan versuchte, uns von Anfang an das Leben schwer zu machen. Er kam auf die geniale Idee, einen so unregelmäßigen Rhythmus vorzugeben, dass man ihm unmöglich folgen konnte. Erst raste er in einem Affenzahn davon. Und dann drosselte er so abrupt das Tempo, dass wir bremsen mussten, um nicht mit ihm zusammenzustoßen. Rebecca ließ sich nicht so leicht abschrecken und passte sich seinem unsteten Fahrstil trotzig an. Doch uns andere machte seine Fahrweise völlig fertig. Genau wie er es beabsichtigt hatte. Schon nach kurzer Zeit brannten meine Beine vom unregelmäßigen Fahren. Genau davor hatte man uns im Vorfeld ausdrücklich gewarnt. Wir waren erst dreißig Minuten unterwegs und Jonathan hatte schon den ersten Sieg errungen. Er hatte es geschafft, das Fahren im Pulk zu einer extrem kraftraubenden Technik zu machen.

Trotzdem kamen wir erstaunlich gut voran. Für die ersten dreißig Kilometer brauchten wir gute eineinhalb Stunden. Vor uns erstreckte sich der einzige echte Anstieg des Tages, und als Jonathan spürte, dass wir kurz vor dem Zusammenbruch waren, konnte er nicht widerstehen. Er ging aus dem Sattel und preschte davon. Rebecca ließ sich nicht abhängen und folgte ihm Tritt für Tritt, sodass er nur noch entschlossener in die Pedale trat. Ich quälte mich eine Weile lang auf meinem Rad ab, und vielleicht hätte ich es sogar geschafft, mit ihnen mitzuhalten, wenn ich es wirklich versucht hätte. Doch nachdem ich den ganzen Morgen zusammen mit Lisa gefahren war, fühlte ich mich ihr auf unbestimmte Weise verbunden. Überrascht stellte ich fest, dass uns Ms Jenkins mühelos überholte und sich beherrschen musste, um nicht selbstzufrieden zu lächeln.

»Ich hasse diesen Arsch von Jonathan«, murmelte Lisa und

blickte starr geradeaus über ihren Lenker. Ihr dunkelrotes Gesicht war schweißüberströmt und der Helm war ihr ins Gesicht gerutscht.

»Ich auch«, gab ich keuchend zurück. Es waren die ersten Worte, die wir an diesem Morgen wechselten, und sie genügten, um uns zu Freunden zu machen.

Als wir auf der Bergkuppe ankamen, warteten die anderen drei am Straßenrand auf uns und versuchten, entspannt auszusehen, obwohl man ihren Gesichtern die Anstrengung noch immer ansah.

»Beeil dich, Lisa«, stichelte Jonathan. »Du hältst die ganze Gruppe auf.«

»Ich finde, sie schlägt sich prima«, erwiderte ich zu schnell.

»Ach, sieh mal einer an. Da haben sich wohl zwei gefunden, was, Marko?«, sagte Jonathan. Rebecca grinste spöttisch hinter ihm.

»Halt dein blödes Maul, du Arschloch!«, zischte Lisa. »Du vermasselst hier doch alles.«

»Lisa, wenn du etwas auszusetzen hast, solltest du das etwas höflicher ausdrücken«, sagte Ms Jenkins in dem vergeblichen Versuch, einen Streit zu verhindern. Zu spät. Das Feuer war entfacht und wir waren alle in der Stimmung, noch etwas Öl hineinzugießen. Es folgten weitere Beschimpfungen und Schuldzuweisungen und unter den zahlreichen Beleidigungen lösten sich die ersten zarten Bande unversehens wieder auf. Als Mr Camden eine Viertelstunde später zu uns kam, gab es keine Gruppe mehr, sondern nur noch vier völlig zerstrittene Schüler und eine Lehrerin, die sich vermutlich fragte, warum sie nicht zu Hause geblieben war.

Mr Camden bemühte sich aufrichtig, das Problem zu lösen.

Er schlug vor, dass von nun an Lisa und ich vorne fahren sollten. Danach fuhr er mit seiner Gruppe rasch davon. Ich glaube nicht, dass er großen Wert darauf legte mitzuerleben, wie seine tolle Idee scheiterte. Was sie tat. Jonathan und Rebecca klebten die ganze Zeit an unseren Hinterreifen und beschwerten sich über das Schneckentempo. Je mehr sie sich beschwerten, desto langsamer fuhr Lisa. Schließlich hatten Jonathan und Lisa zu allem Übel einen Platten und meine Kette riss, als ich am Berg in einen anderen Gang schaltete. Alles Dinge, die man problemlos beheben konnte – vorausgesetzt, die Gruppe bestand aus Leuten, die zusammenhielten oder zumindest miteinander redeten. Stattdessen schmollten wir und behinderten uns gegenseitig, sodass wir den nächsten Haltepunkt ganze eineinhalb Stunden später als geplant erreichten. Für Jonathan ein gefundenes Fressen.

»Euch beide nach vorn zu setzen war wirklich eine grandiose Idee!«

»Immerhin halten wir die Gruppe zusammen«, erwiderte Lisa.

»Stimmt. Ob wir wollen oder nicht.«

»Wir wären besser zu Fuß gegangen. Dann wären wir schneller gewesen.«

»Pannen kann man nicht vorhersehen«, meinte Ms Jenkins beschwichtigend. »Ich finde, wir schlagen uns ganz gut.«

Aus irgendeinem Grund machte diese Bemerkung Lisa noch viel wütender als Jonathans Sticheleien. Sie packte ihr Fahrrad an der Sattelstange und schleuderte es wie eine Hammerwerferin von sich. Das Rad flog beeindruckend weit durch die Luft und landete scheppernd weiter unten auf der Straße.

»Nein!«, schrie sie. »Wir schlagen uns überhaupt nicht gut. Wir schlagen uns sogar verdammt schlecht!« Sie starrte uns herausfordernd an. Dann machte sie auf dem Absatz kehrt und ging die Straße in die Richtung hinunter, aus der wir gekommen waren.

»Willst du ihr nicht nachgehen?«, fragte mich Jonathan grinsend. Ms Jenkins schien das überhaupt nicht komisch zu finden.

»Lisa!«, rief sie und ihre Stimme klang zum ersten Mal ungeduldig. Wir waren erst einen Tag zusammen und sie hatte schon die Schnauze voll von uns. Lisa drehte sich zu uns um.

»Ich geh kacken. Oder ist das vielleicht verboten?«

Wir warteten in unbehaglichem Schweigen. Ich setzte mich auf die Wiese und versuchte, die anderen zu ignorieren. Jonathan versuchte, Rebecca aufzuziehen, aber sie reagierte nicht. Ms Jenkins holte Lisas Rad zurück und schaltete durch die Gänge, um zu überprüfen, ob es beschädigt war. In der Zeit, die Lisa benötigte, um sich zu erleichtern – und vermutlich ein bisschen zu weinen –, verloren wir alle unseren Willen weiterzufahren. Wir gaben es sogar auf, so zu tun, als führen wir zusammen. Stattdessen überholten wir uns gegenseitig und fielen in unregelmäßigen Abständen kraftlos zurück. Ms Jenkins hielt sich im Hintergrund wie ein nervöser Hirtenhund, der nicht zu bellen wagt. Wir machten nur den Mund auf, um eine Mücke auszuspucken oder zu fluchen. Eigentlich hatten wir geplant, gegen Mittag in Masterton anzukommen. Um halb drei erreichten wir den Stadtrand. Das Begleitfahrzeug wartete auf uns, um zu sehen, ob alles in Ordnung war.

»Jetzt ist es nicht mehr weit«, log Joe, der sich aus dem Wagenfenster lehnte. Er hatte so eine spezielle Art, einen grundlos anzulächeln, als wüsste er etwas, was man nicht wusste. »Gibt's Probleme?«

»Ach was. Wir amüsieren uns prächtig«, erwiderte Jonathan spöttisch, obwohl er sich vermutlich tatsächlich bestens amüsierte – wenn auch als Einziger. Wie dem auch immer war, Joe war jedenfalls nicht der Typ für versteckte Botschaften.

»Na prima! Also bis später am Fluss.« Und dann war er weg, ehe einer von uns auch nur die Chance hatte, ihn aufzuhalten.

»Was erzählst du denn da für einen Schwachsinn!«, fauchte Rebecca Jonathan an.

»Wieso denn? Gefällt es dir etwa nicht?«, erwiderte er grinsend. »Tut mir leid. Das ist mir entgangen.«

»Er hätte uns mitnehmen können«, sagte Lisa.

»Na ja. Das schlimmste Stück haben wir hinter uns«, versuchte uns Ms Jenkins zu trösten. Ihre Stimme klang so kraftlos, dass wir ihr nicht einmal widersprachen.

Mit drei zu zwei Stimmen entschieden wir uns für ein verspätetes Mittagessen bei McDonald's. Da unsere bisherige Leistung beim Radfahren sowieso zu wünschen übrig ließ, gingen wir davon aus, dass es keine Rolle mehr spielte, ob wir etwas Vernünftiges aßen oder nicht. Immerhin wussten wir hier genau, was uns erwartete. Und in diesem Moment hatte das etwas Tröstliches, wenn schon alles andere unberechenbar erschien. Schon die vertraute Einrichtung wirkte beruhigend: die gesprenkelten Tische mit den Plastikstühlen, die Fotos der pickligen »Mitarbeiter des Monats« an den Wänden und der kleine Ronald, der uns mit irren Augen aus der Kinderecke anstarrte. Und dann dieser typische Geruch nach heißem Öl und Reinigungsmittel. Es war, als würden wir nach Hause kommen. Vielleicht war das der Grund, warum wir uns plötzlich ein wenig entspannten. Während wir uns gegenseitig Pommes vom Tablett klauten und uns über das Eis beschwerten, vergaßen wir völlig, uns zu streiten. Gespräche begannen.

»Ich weiß überhaupt nicht, warum ich diesen Kurs überhaupt

belegt habe«, sagte Lisa und tunkte ein Stück ihres Cheeseburgers in meine Soße. »Ich finde es total scheiße.«

»Stimmt«, bestätigte Rebecca, anstatt die Chance zum Angriff zu nutzen.

»Wisst ihr, was?«, sagte Jonathan mit funkelnden Augen, als ein vager Plan in seinem kranken Hirn Gestalt annahm. »Mr Camden wird sich schwarzärgern, wenn wir heute Abend nicht am Zeltplatz aufkreuzen.«

Die Idee war genial einfach. Der Zeitpunkt war perfekt. Ich erinnerte die anderen an das, was uns Mr Camden vor der Abfahrt zugerufen hatte: »In fünfzehn Jahren ist es noch nie vorgekommen, dass jemand diese Etappe nicht geschafft hat.«

»Worauf willst du hinaus?«, fragte Ms Jenkins Jonathan mit besorgtem Blick.

»Auf gar nichts«, erwiderte Jonathan und stand auf. »Ich hab mir nur gerade überlegt, dass ich mir noch einen Nachtisch hole. Das ist alles.«

Wir folgten ihm zur Theke. Ich war pappsatt und hatte fast kein Geld mehr, aber das war mir egal. Es fühlte sich gut an, dass wir endlich alle am gleichen Strang zogen.

Je länger wir an unseren Nachtischen löffelten, desto häufiger sah Ms Jenkins auf die Uhr.

»Was genau habt ihr denn jetzt vor?«, erkundigte sie sich.

»Ganz einfach«, antwortete Jonathan zufrieden lächelnd stellvertretend für uns alle. »Wir fahren weiter, bis es dunkel wird, und suchen uns dann einen Platz, wo wir übernachten können.« Er sagte das so beiläufig, als wäre es das Naheliegendste auf der Welt.

War es aber nicht. Erstens befand sich unsere komplette Ausrüstung im Begleitfahrzeug. Zweitens hatten wir nichts zu essen dabei. Und wenn wir nicht bis zum Ende der Tagesetappe fuhren, wurde die nächste Etappe nur noch länger. Es verstieß gegen sämtliche Sicherheitsregeln und würde uns ziemlich sicher ein Ungenügend bescheren. Aber keiner von uns erwähnte auch nur einen dieser Punkte. Der Reiz war einfach zu groß. Es war sonnenklar, dass wir diesen Tag nicht mehr erfolgreich abschließen würden. Jonathan bot uns die Chance, unserer Niederlage wenigstens einen Hauch Exotik zu verleihen. Ms Jenkins hätte uns nur zu gerne gesagt, dass wir einen Fehler machten, das war ihr deutlich anzusehen. Aber das durfte sie nicht. Während der Tour trafen wir die Entscheidungen. So waren die Regeln.

Lisa und Jonathan hatten noch Geld übrig und gingen zum Supermarkt um die Ecke, um etwas zum Abendessen zu kaufen. Dann setzten wir uns wieder auf die Räder. Der neue Plan beflügelte uns so sehr, dass wir schneller vorankamen denn je. Wenn das keine Ironie des Schicksals war. Natürlich wäre es übertrieben zu behaupten, dass wir plötzlich alle Freunde waren. Aber irgendetwas hatte sich verändert. Es gab sogar Ansätze von Gesprächen, die wie elektrische Funken zwischen den Radfahrern hin und her sprangen.

Eine Stunde später mündete die Teerstraße in einen Feldweg. An dieser Stelle ging das Weideland langsam in die Ausläufer der Tararua-Berge über. Die Sonne war bereits hinter den Bergen verschwunden und ließ sie kalt und düster erscheinen. Unter uns schlängelte sich der dunkle Waiohine River durch eine Schlucht. Laut Straßenschild waren wir nur noch neun Kilometer von den anderen entfernt.

»Das schaffen wir noch locker«, meinte Ms Jenkins. Wir waren zwar müde und die Straße wand sich bergauf, bergab durchs Tal, aber sie hatte recht. Wir hatten noch eine ganze Stunde Zeit, ehe es dunkel wurde. Doch Jonathan hatte andere Ideen.

»Lasst uns da unten übernachten.« Er deutete auf eine alte Scheune, die in Flussnähe im Schatten mehrerer Kiefern stand.

»Aber warum denn?«, fragte Ms Jenkins. »Alles, was ihr braucht, ist da oben: euer Essen, eure Schlafsäcke und eure Ausrüstung.«

»Und jede Menge Fragen«, ergänzte Jonathan. »Außerdem noch diverse Vorträge, Pläne und die anderen Gruppen.« Ich wusste, was er meinte. Der Tag war alles andere als perfekt gewesen, aber es wurde langsam besser. Wenn wir weiterfuhren, würden wir alles wieder kaputt machen.

»Wenn ihr im Moment zu müde zum Weiterfahren seid«, versuchte Ms Jenkins zu argumentieren, »setzen wir uns einfach an den Straßenrand und ruhen uns aus. Ich bin mir sicher, dass sie Joe zurückschicken, wenn wir bei Einbruch der Dunkelheit noch nicht da sind.«

»Tut mir leid. Die Gruppe entscheidet. Kommt schon.« Jonathan hievte sein Rad über den Zaun und blickte uns erwartungsvoll an. Einer nach dem anderen folgte ihm, bis Ms Jenkins allein auf der Straße stand und keine Wahl hatte.

»Wir sollten uns wenigstens erkundigen, ob wir überhaupt in der Scheune übernachten dürfen. Weiter unten war ein Haus. Soll ich kurz hinfahren und nachfragen?«

Aber wir zogen bereits Richtung Scheune. Die Gruppe übernahm die Führung und traf ihre eigenen Entscheidungen, genau wie es sein sollte. Es fühlte sich gut an.

Die Scheune auch. Es war eine alte Holzhütte mit einer winzigen Fensterreihe direkt unter dem Dach. Vermutlich hatte man sie irgendwann zum Schafescheren benutzt. Die Scheune war leer bis auf einen mannshohen Stapel Heuballen in einer Ecke. Es roch nach Heu und Kuhscheiße, Traktorenöl und Rost und nach modrigen Spinnweben in dunklen Ecken. Wir schoben unsere Räder ins Innere – aus Sicherheitsgründen, wie Jonathan sagte. In Wirklichkeit ging es natürlich vor allem darum, nicht entdeckt zu werden.

Lisa und ich hatten unsere Jacken dabei. Wir breiteten sie auf dem Boden aus und Rebecca kippte das Essen darauf aus. Ein wahres Festmahl: zwei Tüten Chips, ein Laib Brot, Bananen, zwei große Flaschen Cola und ein Schokoriegel für jeden. Essen, das miese Laune garantiert vertrieb. Schon bald lachte Ms Jenkins mit uns und trank aus den Gemeinschaftsflaschen.

Wir zogen uns früh in unser »Schlafzimmer« auf den Heuballen zurück. Weil die Fläche nicht allzu groß war, mussten wir uns dicht nebeneinanderlegen und schon bald wurde uns unter der behaglichen Decke von Gesprächen mollig warm. Es waren die typischen Gespräche, die entstehen, wenn sich Menschen, die sich kaum kennen, einander öffnen. Geschichten, mit denen man die anderen beeindrucken oder zum Lachen bringen will. Bis man irgendwann auch über den Erzähler lacht, weil man weiß, dass das alles nicht so ernst gemeint ist.

Lisa redete am meisten. Die stille Lisa. Plötzlich war sie kaum noch zu bremsen. Als wäre sie in der Dunkelheit heimlich verschwunden und ein anderes Mädchen an ihre Stelle geschlüpft. Sie erzählte uns von der Privatschule, auf die ihr Vater sie geschickt hatte, um sie vor den bösen Jungs zu schützen. Ich fragte mich, was er wohl sagen würde, wenn er sie jetzt sehen könnte. Wie sie Seite an Seite zwischen Jonathan und mir in einer wildfremden Scheune lag.

Ms Jenkins hörte lange Zeit nur zu, doch irgendwann rückte

auch sie mit ein paar Geschichten heraus. Mit überraschenden Geschichten. Dass sie als Kind mal in Afrika gelebt und ein Jahr lang als Busfahrerin gejobbt hatte.

Wenn Jonathan redete, versuchte er immer wieder, das Gespräch auf die Gegenwart zu lenken. Wahrscheinlich weil die Sache mit der Scheune seine Idee gewesen war. Wir unterhielten uns über die anderen, die am Ende der Etappe übernachteten und früh schlafen gehen mussten. Und wie es Mr Camden ankotzen würde, wenn wir erst am nächsten Tag bei ihm aufkreuzten.

So war es auch. Allerdings war er fest entschlossen, sich nichts anmerken zu lassen. Es war acht Uhr morgens und wir waren bereits unterwegs. Als wir die Staubwolke des Geländewagens auf uns zukommen sahen, hielten wir am Straßenrand und machten uns auf einen gehörigen Anschiss gefasst. Ich sah, wie sich Ms Jenkins' Miene anspannte, als Mr Camden vom Beifahrersitz kletterte. Jetzt war sie eine von uns, eine ungezogene Schülerin mehr.

Ich erwartete eine Standpauke, aber es kam keine. Vielleicht fürchtete er, die Beherrschung zu verlieren, wenn er erst einmal loslegte. Stattdessen nahm er uns ins Verhör und tarnte seine Missbilligung mit Formalitäten.

»Wo habt ihr letzte Nacht geschlafen?«

»In einer Scheune«, antwortete Jonathan sichtlich zufrieden. »Vielleicht sollten Sie diese Übernachtungsmöglichkeit in Zukunft berücksichtigen. Es war echt gemütlich.«

»Ihr habt vergessen, euch um halb acht per Funk zu melden.«

»Unsere Funkgeräte sind in unserem Gepäck im Begleitwagen. Wir dachten, Sie hätten das vielleicht für uns übernommen.«

In diesem Moment hätte Mr Camden Jonathan bestimmt am liebsten geohrfeigt, so wie die meisten Leute. Aber es gibt Gesetze und Arbeitsplätze, also drehte er sich um und stellte Ms Jenkins die restlichen Fragen. Auch wenn er damit seine eigenen Regeln missachtete.

»Sehe ich das richtig, dass sich ihre Pläne für heute geändert haben?«

»Ja. Ich glaube, sie wollen heute nur bis nach Cone fahren. Morgen dann Alpha und am Dienstag über den Gipfel runter nach Parawai.«

»Falls nichts mehr dazwischenkommt«, fügte er mit hochgezogenen Augenbrauen hinzu. Vermutlich wollte er noch viel mehr sagen, aber er versuchte es nicht einmal. »Eure Ausrüstung ist oben am Ende der Straße. Wenn ihr um neun noch nicht da seid, wird Joe ohne eure Räder weiterfahren.«

»Vielen Dank auch«, sagte Jonathan leise, als Mr Camden wieder in den Wagen stieg. »Es war uns eine Freude, Sie zu sehen.«

Wir fuhren los und Joe zwinkerte uns zu, als wir an ihm vorüberstrampelten, als käme ihm das alles sehr bekannt vor.

Wir schafften es bis neun Uhr, aber nur knapp. Die anderen Gruppen waren bereits aufgebrochen und wir luden in aller Ruhe die Räder ein, damit wir auf keinen Fall eine Chance hatten, sie noch einzuholen. Dann schulterten wir zum ersten Mal unsere Rucksäcke und gaben die üblichen Kommentare von uns.

»He, wer hat denn die Steine in meinen Rucksack gepackt?«

»Wenn du denkst, deiner wäre schwer, dann probier erst mal meinen.«

»Wenn ihr glaubt, dass ich mit diesem Ding den Berg hochstiefele, habt ihr euch geschnitten.«

»Wie wär's, wenn wir einfach direkt zum Fluss runtergehen und uns treiben lassen?«

»Schwimmen Rucksäcke denn?«

»Dummerweise landen wir dann an der falschen Küste.«

»Ich glaube eher, dann landen wir im See.«

»Und wennschon. Da gehe ich jedenfalls nicht hoch.«

»Ach was. Wenn wir erst mal losgegangen sind, ist es nur noch halb so schlimm.«

»Du meinst wohl, wenn ich erst einmal eine Zigarette geraucht habe, ist es halb so schlimm.«

Irgendwann brachen wir auf. Als Erstes erwartete uns eine schwankende Stahlseilhängebrücke hoch über der Schlucht. Der Blick von der Mitte der Brücke ließ mich einige Sekunden lang das Gewicht meines Rucksacks vergessen. Der Anblick war atemberaubend. Gebannt blickte ich auf das zielstrebig dahinströmende Wasser unter mir und den Weg, den sich der Fluss durch die massiven Felswände gebahnt hatte. Hoch über den Felsen erstreckte sich dichtes Gebüsch. Und genau dort wollten wir hin.

Man hatte uns gewarnt, dass der erste Anstieg zum Bergkamm an der Ostflanke des Waiohine-Tals einer der steilsten der gesamten Tour sein würde. Immer wieder mussten wir uns an Baumwurzeln und Ästen festklammern, um nicht abzurutschen. Meine Lungen brannten wie noch nie, meine Beine schmerzten und mir war speiübel. Zum Glück war der Anstieg nicht allzu lang, dann wurde es flacher. In den eineinhalb Stunden legten wir zahlreiche Pausen ein, um uns gegenseitig zu bedauern. Jeder von uns wusste genau, dass wir es problemlos bis zu den anderen nach Alpha schaffen konnten, wenn wir wollten. Aber keiner erwähnte diese Möglichkeit. Nicht einmal Ms Jenkins.

Wir trödelten über die Anhöhe, wo die Vegetation lichter wurde und der Matsch gerade tief genug, um in unsere Wanderschuhe zu dringen. Als wir an dem Schild anlangten, das talabwärts nach Cone zeigte, zog Lisa eine Digitalkamera aus der Tasche. Als hätte sie die ganze Zeit über gewusst, dass unser Trip es doch noch wert sein würde, festgehalten zu werden. Sie brauchte drei Versuche, bis sie wusste, wie der Selbstauslöser funktionierte. Dann liefen wir den Abhang hinunter. Die Aussicht, dass wir es beinahe geschafft hatten, brachte die Gespräche zurück. Fröhliches Geplapper, als wären wir alle alte Freunde.

Cone Hut ist eine altmodische Schutzhütte aus massiven Baumstämmen, die auf einem Felsvorsprung über dem Fluss steht. Das Innere der Hütte ist düster und staubig und es muss draußen schon sehr stürmisch sein, damit sie behaglich wirkt. Wir entschieden uns für den verwitterten Picknicktisch vor der Hütte und breiteten unser Mittagessen aus: ein üppiges Mahl dank der Tatsache, dass wir unsere Ration vom Vorabend noch nicht verspeist hatten.

Den Nachmittag verbrachten wir selbstvergessen am Fluss, während uns der berüchtigte Wind der Tararua-Berge weitestgehend verschonte. Es war einer jener Tage, an denen man am liebsten fragen würde, warum das Leben nicht immer so sein kann. Trotzdem tut man es nicht, weil man genau weiß, wie dumm diese Frage ist. Weil das Leben unmöglich immer so sein kann.

9

20. April

Jemand hat hier ein Radio stehen lassen. Eins von diesen kleinen Plastikdingern, wie sie Lewis immer mit sich herumschleppt, nur dass es gelb und nicht orange ist. Vielleicht hat Andrew es für mich hingestellt. Er hat nichts mehr zu mir gesagt und ist auch nicht mehr hier aufgekreuzt. Vielleicht will er mir damit zeigen, dass er es gut mit mir meint. Vielleicht ist es auch eine Falle. Von jemandem, der testen will, wie viel ich wirklich verstehe. Ich habe einen Sender gefunden und den Ton so leise eingestellt, dass man draußen nichts hören kann. Ich muss das Radio ganz dicht an mein Ohr pressen, um überhaupt etwas zu verstehen. Dann sehe ich wahrscheinlich wirklich wie ein Geistesgestörter aus. Wenn ich zusammengekauert auf diesem Stuhl hocke, konzentriert auf die Worte lausche und langsam hin- und herschaukele, damit mir nicht kalt wird.

Im Radio reden sie immer noch ständig über das Erdbeben. Es hört sich so an, als wäre draußen das totale Chaos. Am Anfang habe ich es kaum ausgehalten, wenn der Sprecher auch nur »Wellington« sagte. Die Gedanken an all die Leute dort und daran, was ihnen zugestoßen sein könnte und wie sehr ich sie vermisste, haben mir fast das Herz zerrissen. Aber noch kann ich nicht zu ihnen. Zuerst muss ich was erledigen.

Sie sagen, dass die Aufräumarbeiten eine Katastrophe waren und die Leute nach Schuldigen suchen. Sie sagen, das Land hätte besser auf so etwas vorbereitet sein müssen. Aber das ist Blödsinn. Es gibt einfach Dinge im Leben, auf die man niemals richtig vorbereitet sein kann, weil der Preis zu hoch wäre. Zum Beispiel auf den Tod.

Der Polizei wird vorgeworfen, dass es zu lange gedauert hat, bis die Ordnung wiederhergestellt war. Ein Beamter erklärte, mit den Plünderungen habe keiner gerechnet. So wie es aussieht, sind ein paar Leute total durchgedreht und haben sich einfach alles gekrallt, was sie kriegen konnten. Und als andere sie aufhalten wollten, wurde eine richtige Straßenschlacht daraus. Dabei befanden sich die ganze Zeit immer noch Menschen in den eingestürzten Gebäuden.

Es ging auch um die Gasexplosionen. Von denen wusste ich schon, weil wir sie von den Bergen aus gesehen hatten. Riesige lautlose Blitze der Zerstörung. Dann versuchte eine Professorin zu erklären, warum bei dem Erdbeben so viele Leute durchgedreht sind. Sie hat alles Mögliche gesagt. Aber vor allem, dass es manchmal eben vorkommen kann, dass die Leute ein bisschen verrückt spielen. Das wusste ich auch schon.

Angeblich kehrt langsam wieder die Normalität ein. Oder zumindest so viel Normalität, wie es in einer Stadt geben kann, in der so viele Menschen umgekommen sind, dass sie nicht genug Särge hatten. Die Art von Normalität, bei der die Menschen zwischen den Trümmern versuchen, zu ihrem alten Leben zurückzukehren, und so tun, als wären die Dinge, die sie getan haben, als alle ein bisschen durchgedreht sind, niemals geschehen. Ärzte arbeiten wieder als Ärzte und entfernen sorgfältig die Teile ihrer Vergangenheit, die ihnen schaden könnten. Sie nähen die Erinnerungen zu und hoffen, dass die Wunde heilt. Aber meinem Arzt wird das nicht gelingen. Diese Wunde wird nicht verheilen. Ich kann ihn sehen, besser als er denkt, und ich werde es ihm heimzahlen.

Dann habe ich das Radio abgeschaltet und mich auf den Hass in mir konzentriert. Er ist das Einzige, was mich von meinen Gedanken an zu Hause ablenken kann. Von Mum, wie ich sie zum letzten Mal gesehen habe, als sie mich auf dem Weg ins Büro zur Schule gebracht hat und mir sagte, ich solle gut auf mich aufpassen. Von Duncan, dem einfach nichts passiert ist, weil kleinen Brüdern nichts passieren darf. Von so vielen Leuten, deren Gesichter mich von meinem Entschluss abbringen könnten. Eigentlich sollte ich das hier nicht einmal aufschreiben. Ich sollte diese Gedanken erst gar nicht zulassen.

Ich sollte lieber über nützliche Dinge nachdenken. Ich muss Pläne schmieden. Aber das ist gar nicht so leicht. Ich fühle mich immer noch sehr schwach. Der morgendliche Gang durch die Station strengt mich an, und während ich diese Notizen mache, muss ich gegen den pochenden Schmerz hinter meinen Augen kämpfen. An jedem Morgen, an dem ich aufwache, sehe ich die Welt ein wenig klarer. Aber es ist ein bisschen so, wie wenn ein Blinder sehen lernt. Das meiste, was ich erkenne, macht mir Angst. Und die Dinge, die ich nicht sehe, machen mir noch mehr Angst. Leute, die mir schaden wollen und sich nicht blicken lassen.

Mittlerweile bin ich mir ganz sicher, dass Margaret gefährlich ist. Heute kam sie mit ihrem wie üblich voll beladenen Rollwagen zu mir und stellte sich neben mein Bett. Sie kramte demonstrativ darin herum, bis sie schließlich eine bedrohlich aussehende Spritze in der Hand hielt.

»Ich will dir nur ein bisschen Blut abnehmen«, sagte sie, während sie ein Band um meinen Arm wickelte und festzog. »Ich muss nachsehen, ob die Medikamente richtig wirken.« Genauso gut hätte sie auch sagen können: »Ich weiß genau, was du tust.« Sie sah mich durchdringend an, aber ich reagierte nicht.

Als sie fertig war, bin ich ihr heimlich gefolgt. Während sie ihre Runde machte, trieb ich mich unauffällig im Hintergrund herum, in der Hoffnung auf irgendwelche Anhaltspunkte. Bei manchen Patienten ist sie schweigsam, bei anderen gesprächig. Und zwar bei denen, von denen sie glaubt, dass sie sie verstehen. Und mit mir redet sie auch immer. Nachdem sie den letzten Patienten versorgt hatte, schob sie den Rollwagen in Richtung Schwesternzimmer. Ich hörte, wie das Röhrchen mit meinem warmen Blut den ganzen Weg klappernd gegen eine Metallschüssel stieß. Dann hörte das Klappern plötzlich auf. Vor einer Tür ohne Schild, von der ich bisher immer dachte, dass sie zu einem Vorratsraum führt. Ich hatte nicht damit gerechnet, dass sie hier stehen bleiben würde, und musste mich rasch in einem Türrahmen verstecken. Aber von Weitem sah es so aus, als hätte sie mein Röhrchen genommen und in ihre Tasche gesteckt. Sie ging durch die Tür und kam gleich darauf wieder raus. Dann ging sie weiter.

Ich wartete fünf Minuten, ehe ich mich in den Raum schlich. In dem Zimmer standen drei große Müllbehälter. Auf einem stand »Organischer Abfall«, auf den anderen beiden »Restmüll«. Die Behälter hatten eine Öffnung im Deckel, durch die man den Müll stecken konnte, und waren mit einem Schloss gesichert. Ich konnte also nur vermuten. Vermuten, dass Margaret meine Blutprobe weggeworfen hatte. Aber warum sollte sie das tun? Hier ist es nicht immer einfach, die Logik hinter den Dingen zu erkennen. Vielleicht war die Blutprobe überhaupt nicht angeordnet worden. Vielleicht wollte sie mich nur auf die Probe stellen und testen, wie ich reagiere. Wahrscheinlich gibt es noch andere mögliche Gründe, die ich nicht sehen kann und deren verschwommene Umrisse mich die ganze Nacht wach halten.

10

Schlafen ist wie Kacken für den Verstand. Träume sind nichts anderes als unbrauchbare Gedanken, die einen vergiften, wenn man sie nicht herauslässt. Schlafmangel kann einen ziemlich schnell verrückt machen. In jener Nacht in der Scheune hatte keiner von uns viel geschlafen. Drei oder vier Stunden höchstens. Die Nacht in Cone Hut war noch viel schlimmer.

Die kleine Hütte ist maximal drei auf vier Meter groß. Der Schlafplatz befindet sich auf einem Holzpodest über dem Lehmboden. Dort könnten sechs Personen bequem Platz finden. Wenn es Matratzen gäbe. Gab es aber nicht. Sondern nur einen vermoderten Schaumstoffklumpen, der nach Feuchtigkeit, Dreck und Dingen roch, die man sich lieber nicht vorstellen wollte. Wir legten uns früh hin, direkt nach der Funkmeldung. Der Wetterbericht meldete aufkommenden Wind für den folgenden Nachmittag und möglicherweise Regen im Bergland. Wir hörten, wie sich die anderen Gruppen per Funk meldeten. Alle drei waren oben in Alpha. Irgendetwas schien die schnellste Gruppe aufgehalten zu haben. Als die Zentrale sie fragte, ob sie irgendwelche Nachrichten hinterlassen wollten, antworteten sie: »Nein, danke.« Als wären wir überhaupt nicht mit ihnen auf Tour gegangen. Das war uns nur recht. Wir hinterließen auch keine Nachricht. Wir waren heilfroh, dass wir sie erst am Ende der Wanderung wiedersehen würden.

Als ich mich auf den blanken Holzbrettern ausstreckte, ahnte ich bereits, dass Schlafen nicht einfach werden würde. Ich hatte dieses typische Campinggefühl im Bauch: Mir war halb schlecht von dem vielen ungesunden Essen, dem Qualm des offenen Feuers und dem vielen Herumliegen, ohne sich wirklich zu entspannen. Mein Magen fühlte sich wie ein Steinklumpen an, mein Hals war trocken und meine Gedanken kreisten ruhelos durch mein Hirn. Ich stützte den Kopf auf den Ellbogen und sah mich um, ob es irgendjemandem noch so ging wie mir. Lisa hatte sich bereits aufgesetzt. Wir versuchten verzweifelt, ein ähnliches Gespräch wie am Vorabend in der Scheune in Gang zu bringen. Aber es funktionierte nicht. Die Stimmung war vorbei. Eine Weile schnitten wir alle möglichen Themen an, Schule, Familie, ehemalige Haustiere, bis uns Jonathan erlöste.

»Haltet endlich die Klappe! Ich versuche zu schlafen.«

Ich legte mich wieder hin und vergrub meinen Kopf in einem Knäuel aus Trainingshose und Fleecepulli und wartete darauf, dass mich der Schlaf von dem Gefühl der Enttäuschung befreite. Die Ratten waren schneller.

Ich lag ganz außen an der Wand. Über unseren Köpfen verlief ein schmaler Vorsprung, auf den sich notfalls noch zwei weitere Personen quetschen konnten. Ich hörte das Rascheln, war aber fest entschlossen, es zu ignorieren. Bestimmt nur Vögel. Und wennschon. Es war mir egal. Ich war zu müde. Dann flitzten sie von einer Seite zur anderen. Es war unmöglich, nicht hinzuhören.

»Verdammte Ratten!« Jonathans Wasserflasche kippte von dem

Brett über unseren Köpfen und ich hörte, wie die kleinen Füße davontrippelten. Eine Minute später, nachdem man gerade angefangen hatte, sich wieder zu entspannen, waren sie wieder da. Dieses Mal zu unseren Füßen, wo unsere Rucksäcke lagen. Ich hörte, wie ihre scharfen Zähne kurzen Prozess mit unseren Plastiktüten machten. Ich stellte mir vor, wie die Krankheitserreger von ihren Zungen troffen und wie sich ihre langen, glatten Schwänze anfühlen würden, wenn sie über mich liefen. Ich versuchte krampfhaft, mich daran zu erinnern, ob ich irgendetwas an meinem Rucksack nicht richtig zugemacht hatte. Die anderen hatten es ganz sicher nicht. Ich hatte gesehen, wie Lisa auf der Suche nach ihrer Taschenlampe achtlos sämtliche Sachen aus dem Rucksack geworfen hatte. Ich wartete darauf, dass die anderen etwas unternahmen. Die anderen warteten ebenfalls. In der Zwischenzeit nagten die Ratten ungestört weiter und die Geräusche füllten die Dunkelheit. Ich versuchte, es zu verdrängen und mich in den Schlaf fallen zu lassen, aber jedes Mal wenn meine Gedanken verschwammen, gingen die Geräusche wieder los. Das Nagen und Beißen.

Eine Taschenlampe wurde angeknipst und ich hörte, wie die Ratten in die Ritzen flüchteten. Es war Ms Jenkins. Sie saß aufrecht in ihrem Schlafsack und leuchtete auf unsere Rucksäcke.

»Ihr müsst nach euren Sachen sehen«, sagte sie. »Wenn ihr das Essen nicht wegpackt, werden sie immer wieder kommen.«

Widerwillig krochen wir aus unseren Schlafsäcken. Bis auf Rebecca, die sich nicht rührte.

»Ihr seid alle so was von unfähig«, knurrte sie. Ihr Rucksack stand so an der Wand, wie sie ihn am Abend verlassen hatte. Sorgfältig verschlossen.

»Wer hat das Brot draußen liegen lassen?« Jonathan hielt die

Überreste eines Brotlaibs hoch. Im Schein der Taschenlampe sahen wir die zerfetzte Plastiktüte und das angefressene Brot. »Ganz schön verfressen, diese Biester. He, Turner. Du warst dafür zuständig, das Brot wegzupacken!«

»Woher sollte ich denn wissen, dass du es ausgepackt hattest«, knurrte ich.

»Dann hättest du eben nachschauen müssen.«

»Außerdem war es in Lisas Sachen.«

»Von wegen! Ich hab nach dem Mittagessen den Topf genommen.«

»Nach dem Mittagessen sind wir aber hiergeblieben.«

»Verdammt noch mal!« Rebecca setzte sich wütend auf. Sie klang wie ein entnervter Babysitter, der bei seinem Lieblingsfilm gestört wird. »Irgendeiner von euch packt jetzt das Brot weg. Wir können es sowieso wegwerfen. Beeilt euch gefälligst. Ich will endlich schlafen.«

»Du bist uns ja wirklich eine große Hilfe«, sagte Jonathan.

»Hab ich vielleicht das Essen draußen liegen lassen?«

»Oh, entschuldige. Ich hab völlig vergessen, dass du nie Fehler machst.«

»Ich bin nur nicht so unfähig wie ihr. Das ist was anderes.«

»Es muss wirklich hart für dich sein.«

»Lass sie in Ruhe.«

»Halt das Maul!«

»Haltet ihr lieber euer Maul und macht endlich das Brot weg.«

Es war wie früher. Wir packten alles weg, warfen uns noch ein paar Beleidigungen an den Kopf und verkrochen uns wieder in unseren Schlafsäcken. Die Holzbretter fühlten sich jetzt noch härter an, aber ich war schon im Halbschlaf, als die Ratten zurückkamen. Ich hörte, wie eine über das Brett lief, das nur wenige

Zentimeter von meinem Kopf entfernt an der Wand befestigt war. Dann war es plötzlich still. So still, wie es ist, wenn fünf Personen auf das gleiche Geräusch warten. Plötzlich flitzte eine zweite Ratte so nah an mir vorbei, dass ich sie riechen konnte. Diesen ekelhaften Geruch nach Pisse. Ich verbarg meinen Kopf in meinem Schlafsack, bis es mir so heiß wurde, dass ich kaum noch Luft bekam.

Etwas streifte meine Haare und ich erstarrte. Das war nur Rebeccas Hand, versuchte ich mich zu beruhigen. Dann schrie Lisa gellend auf.

»Sie war in meinen Haaren!« Sie setzte sich auf und rieb sich panisch über den Kopf. »Dieses verdammte Biest war in meinen Haaren!«

»Die haben bestimmt Flöhe«, bemerkte Jonathan.

Lisa verpasste ihm einen Schlag auf den Hinterkopf.

»Aua! Ich mein ja bloß.«

»Ich glaube, eine hat gerade mein Ohr gestreift«, sagte ich.

»Sie ist immer noch hier!«, kreischte Lisa. »Da!«

Im Lichtkegel ihrer Taschenlampe kauerte die Ratte am Fußende. Ich hätte sie berühren können, wenn ich die Hand ausgestreckt hätte. Sie sah uns mit ihren schwarz glänzenden Augen furchtlos an. Jonathan schnappte sich Lisas Taschenlampe und schleuderte sie auf das kleine Biest. Es gab einen dumpfen Knall, dann war es dunkel.

»Jetzt hast du die Glühbirne kaputt gemacht.«

»Willst du lieber, dass sie noch mal zurückkommen?«

»Das werden sie bestimmt. Jetzt, wo sie wissen, dass du nicht zielen kannst.«

»Ich kann sowieso nicht mehr schlafen«, erklärte Lisa. »Keine Chance.«

»Lisa.« Rebecca sprach langsam, als müsste sie sich sehr beherrschen, um nicht zu platzen. »Hat sie dich gebissen? Hat sie dir irgendetwas getan?«

»Nein.«

»Na also. Dann ignorier sie einfach.«

»Das kann ich nicht.«

Ms Jenkins murmelte etwas Unverständliches, kroch aus dem Schlafsack und ging zu ihrem Rucksack.

»Hier. Ich zünde eine Kerze an. Solange die brennt, werden sie nicht zurückkommen.« Vielleicht stimmte das. Vielleicht hatte auch Jonathans Attacke mit der Taschenlampe sie vertrieben. Oder sie sind zurückgekommen und über mein Gesicht gelaufen. Ich weiß es nicht. Ich schlief.

Als ich aufwachte, war mein Hals trockener, mein Kopfweh schlimmer und mir war schlecht. Lisa und Jonathan schliefen beide noch. Rebecca war schon auf und aß ein Müsli. Wir hatten zwei Tage kaum geschlafen, einen Tag Verspätung, Ratten hatten unsere Vorräte angefressen und die schwierigste Etappe lag noch vor uns. Ich war mir plötzlich ganz sicher, dass Mr Camden uns in den Folgekursen als abschreckendes Beispiel dafür benutzen würde, wie man die Exkursion auf keinen Fall angehen sollte.

Die Strecke begann mit einer Flussüberquerung, die ganz gut verlief. Es hatte schon länger nicht mehr geregnet und das Wasser war nicht allzu tief. Anschließend schleppten wir uns mit nassen Füßen einen zweieinhalbstündigen Anstieg hoch und meine Laune änderte sich fast minütlich. Weil wir ständig stehen blieben, um etwas zu trinken, jemanden zu beschuldigen oder zu jammern, fanden wir nie zu einem gleichmäßigen Rhythmus. Eigentlich waren wir gar nicht so unfit. Nur Lisa schien immer wieder zu kämpfen, aber auch das nur in unregelmäßigen Abständen. Unser Schwachpunkt war eher sozialer Art.

Ich merkte, dass ich Ms Jenkins unterschätzt hatte. Sie schien kein bisschen erschöpft, obwohl sie genauso wenig geschlafen hatte wie wir. Sie wirkte ausgeglichen und blieb den ganzen Tag ruhig und gelassen. Es war, als ließe sie uns stillschweigend wissen, dass wir uns auf sie verlassen konnten, wenn es darauf ankam. Und sie war von uns allen am fittesten. Wenn sie vor uns ging, sah ich, wie sich ihre Wadenmuskeln bei jedem Schritt anspannten, und sie schien niemals abzurutschen oder langsamer zu werden.

Der Weg führte zwischen Sträuchern und Buchen hindurch und wurde weiter oben immer moosiger. Als der Anstieg allmählich abflachte, lichteten sich die Bäume und wir durchwanderten eine Landschaft aus niedrigem Buschwerk und Felsen. Hier hörten wir zum ersten Mal den Wind, der über uns durch die Gipfel pfiff. Zuerst achtete ich nicht darauf. Ich war zu sehr damit beschäftigt, nicht an meine schmerzenden Schultern oder die vielen Stunden, die noch vor uns lagen, zu denken. Oder daran, wie Jonathan und Rebecca abrupt verstummt waren, als ich mich am Morgen zu ihnen gesellt hatte.

Den Wind im Tararua-Gebirge kann man nicht allzu lange ignorieren. Als wir auf dem Gipfel des Bull Mound anlangten, sahen wir sofort, dass dies kein lauschiger Ort war. Keine Bäume. Nur niedriges Dornengestrüpp, das sich an den felsigen Untergrund schmiegte. Die einzigen Farbkleckse in der grauen Felslandschaft waren leuchtend grüne Moosflecken. Am Himmel trieben Wolkenfetzen.

Wir kamen aus Wellington. Eigentlich waren wir an starken Wind gewöhnt. Unten in der Stadt fegte der Sturm oft durch die engen Gassen und die Kinder mussten sich an Parkuhren festhalten, um nicht davongeweht zu werden. Aber dieser Wind war anders. Dieser Wind war Furcht einflößend. Er dröhnte in meinen Ohren und zerrte aus drei verschiedenen Richtungen an mir. Er blähte meine Nasenflügel auf und zog an meinen Augenlidern. Er brachte mich in tausenddreihundert Meter Höhe zum Schwanken, ohne die geringste Unterschlupfmöglichkeit. Grenzsteine zeigten uns den Weg in Richtung Süden über den flachen Gipfel. Wenigstens waren wir weit weg von steilen Abhängen.

Instinktiv hängten wir uns beieinander ein. Jonathan und Rebecca. Ms Jenkins und ich nahmen Lisa in die Mitte. Wir stolperten vorwärts, klammerten uns aneinander und duckten uns schützend, wenn uns ein besonders heftiger Windstoß erfasste. Jonathan erwischte es als Ersten. Er und Rebecca waren vor uns und ich sah, wie er über einen Felsen stolperte und Rebeccas Arm losließ. Es war erschreckend, wie schnell der Wind ihn packte und samt Rucksack wie eine Feder in die Luft wirbelte. Er landete wenige Meter von seinem Ausgangspunkt entfernt rücklings auf seinem Rucksack. Mit rudernden Armen und Beinen wie ein umgekippter Käfer.

Wir hasteten zu ihm. Der Wind trug jeden Laut, den man von sich gab, davon, ehe man etwas hören konnte. Erst als ich direkt über ihm stand, sah ich, dass Jonathan lachte. Er lachte aus vollem Halse. So sehr, dass er kaum noch Luft bekam. Er ergriff unsere ausgestreckten Arme und zog sich hoch.

»Los, komm, Marko!«, rief er mir ins Ohr. »Lauf los! Das war das Coolste, was ich je erlebt habe!«

Wir rannten. Als mich der Wind das erste Mal packte, bekam ich Panik. Ich war mir sicher, dass ich ungünstig landen, mir ein Knie verdrehen oder mit dem Kopf voraus gegen einen Felsen knallen würde. Doch Jonathan hatte recht. Wenn man erst einmal den Dreh raushatte, machte es einen Riesenspaß. So ungefähr musste es sich anfühlen, auf dem Mond spazieren zu gehen. Mithilfe des Windes wurde man vorübergehend schwerelos und irrte wie ein Betrunkener mit Riesensprüngen über die Erde. Wenn man wieder nach unten fiel, musste man sich rasch auf den Rücken drehen und den Rucksack als Sicherheitspolster benutzen. Dann schnell wieder aufstehen und zu den anderen laufen, während der Wind unser fröhliches Gelächter davonwehte, bis es irgendwo im Tal an den Blättern der Bäume hängen blieb. Es war ein wundervolles Gefühl, einer so mächtigen Naturgewalt ausgeliefert und doch unbesiegbar zu sein.

Am südlichen Ende des Bull Mound führte ein sumpfiger Weg in den Schutz der Bäume hinunter. Dort blieben wir stehen und dachten daran, wie der Wind mit uns und wir mit ihm gespielt hatten. Eine Viertelstunde auf dem Berggipfel hatte uns genug Energie gegeben, dass wir den restlichen Weg bis nach Alpha bewältigen konnten. Dieses eine Mal war es Jonathan gewesen, der uns wieder zusammengebracht hatte.

Das letzte Stück der Wanderung führte durch ein feuchtes Waldgebiet, wo alles außer dem Himmel mit einem dichten Moosteppich bedeckt zu sein schien. Eine grasgrüne Landschaft wie aus einem Märchenfilm. Schweigend wanderten wir zwischen den Bäumen hindurch. Es war das erste Mal, dass wir die Wanderung genossen, obwohl wir uns natürlich auf die Rast in der Hütte freuten.

Die Hütte war deutlich komfortabler als Cone Hut. Ziemlich neu und funktional gebaut. Vom Schlafraum blickte man auf eine großzügige offene Küche. Hohe Fenster machten den Raum hell und freundlich. Auf jedem Bett lag eine Matratze, und soweit ich das beurteilen konnte, gab es keinerlei Schlupflöcher und Ritzen für Ratten. Lisa trat zu der Landkarte an der Wand.

»Seht mal. Das alles haben wir heute geschafft.« Sie fuhr mit dem Finger den Weg entlang. »Wir haben fast alle Steigungen hinter uns.«

Wir umringten sie neugierig. Sie hatte recht. Alpha Hut lag auf tausenddreihundert Meter Höhe, nicht weit vom höchsten Punkt der Bergüberquerung. Wir streiften unsere Rucksäcke ab und ließen uns auf die Betten fallen. Langsam machte sich Erleichterung darüber breit, dass wir die Tagesetappe geschafft hatten, und wir waren stolz auf uns. Es war die Art von Erleichterung, der das Schicksal auflauert.

Das Abendessen war lecker. Rebecca war mit Kochen dran und machte einen riesigen Topf Reiscurry mit frischem Gemüse und Cashewkernen. Mit zufriedener Miene sah sie zu, wie Jonathan und ich uns beeilten, um uns eine zweite Portion zu sichern. Dann folgte die vorhersehbare Debatte um den Abwasch, die ich verlor. So wie ich jede Debatte verliere. Weil mir die Argumente ausgehen. Danach erledigten wir unsere abendliche Funkmeldung. Die anderen hatten sich auf den Weg nach Kime gemacht, ehe der Wind aufkam. Von ihnen gab es noch keine Nachricht. Ich rechnete fest damit, dass wir uns sofort aufs Ohr hauen würden, um unser Schlafdefizit nachzuholen. Aber Ms Jenkins hatte andere Pläne.

»Wer von euch kommt noch zu einem kleinen Spaziergang zum Gipfel mit?«, fragte sie. »Es sind nicht mehr als fünfzehn Minuten.«

»Ein kleiner Spaziergang?«, sagte Jonathan. »Wie schön! Nach so einem ruhigen Tag kann ein bisschen Bewegung bestimmt nicht schaden.«

»Wir gehen doch morgen sowieso hoch, oder?«, fragte Lisa.

»Aber nicht bei Nacht. Der Wind hat sich gelegt. Draußen ist es wunderschön.« Sie wischte über die beschlagene Fensterscheibe. Der Himmel war mit Sternen übersät. »Von da oben hat man einen umwerfenden Blick über die ganze Stadt.«

»Ich komme mit«, erklärte Rebecca und setzte sich in ihrem Bett auf. Es war eine Herausforderung und wir nahmen sie an. Sogar Lisa überwand sich und schlüpfte der Gruppe zuliebe noch einmal mit den warmen Füßen in die nassen Strümpfe.

Wir folgten einem schmalen Pfad, der zum Gipfel führte. Wenig später waren wir wieder über den Bäumen und stapften durch taunasses Berggras. Die Luft war kühl und roch sauber. Bis auf Lisa hatten wir alle unsere Taschenlampen dabei. Ms Jenkins bat uns, sie auszuknipsen, damit sich unsere Augen an das milchige Licht des tief stehenden Halbmonds gewöhnten. Es war, als wanderten wir durch eine andere Welt. Hier oben schien so vieles, was zu unserem Leben gehörte, plötzlich unglaublich weit weg: Hausaufgaben, Fernsehen, Supermärkte.

»So sieht ein richtiger Nachthimmel aus«, sagte Ms Jenkins und blieb stehen. Der Anblick war überwältigend. Am Himmel leuchteten so viele Sterne, dass es mehr weiße als schwarze Punkte zu geben schien. Mit offenem Mund betrachtete ich das Funkeln über mir. Es war ein unbeschreibliches Gefühl.

»Mein Gott, ist das schön«, flüsterte Lisa, deren Stimme in der Stille laut und deutlich zu hören war. Wir nickten nur zustimmend.

Südlich von uns glitzerten die Lichter von Wellington, als leuchtete es nur für uns. Wir entdeckten einen schmalen, windgeschützten Felsvorsprung nicht weit vom Rand und drängten uns eng aneinander, um uns zu wärmen. Ms Jenkins begann zu erzählen. Allmählich entspannte sie sich mit uns. Jetzt, wo die anderen weit weg waren, wo alles weit weg war.

Sie zeigte uns Sternbilder und erklärte, wie man sich mit dem Kreuz des Südens orientierte, als die erste Welle den Boden erschütterte. Ich hatte schon mehrere Erdbeben erlebt und zuerst war es so wie immer. Im allerersten Moment begreift man noch nicht, was los ist. Man denkt, es wäre wegen der Dunkelheit oder ein Gleichgewichtsproblem. Bis man sich verwundert umsieht und feststellt, dass die anderen genauso verwirrt sind wie man selbst. Dann weiß man plötzlich, was Sache ist. Das kann nur eins sein. Der Boden schwankt wie ein Schiff bei starkem Seegang. Man denkt an alles, was passieren und schiefgehen könnte. Vielleicht schreit jemand oder ruft »cool!« und man benutzt es als Ausrede, um noch ein bisschen näher zu rücken. Und dann wartet man, dass es vorbeigeht, weil es immer vorbeigeht. Man wartet, bis der Boden wieder zu festem Boden wird, eine dicke Kruste über einer flüssigen Erde. Aber dieses Mal war es anders. Dieses Mal hörte es nicht auf.

Im Gegenteil. Es wurde immer schlimmer. Aus dem Beben wurde heftiges Rütteln und aus dem Rütteln wurden Wellen. Es war, als hätte die Erde genug von uns und versuchte, uns abzuschütteln. Und dann die Geräusche. Geräusche von berstendem Boden und rutschenden Erdhängen. Neue Risse im Baustoff der Erde. Und Schreie. Meine Schreie gemischt mit den Schreien der anderen, während wir uns verzweifelt aneinanderklammerten, weil es das Einzige war, woran wir uns noch festhalten konnten. Wir wussten, wie schlimm es um uns stand, ohne es sagen zu müssen. Der Boden konnte jeden Moment unter uns nachgeben, und das wäre das Ende. Wir würden überleben oder sterben und waren dem Schicksal hilflos ausgeliefert.

Mein Kopf fühlte sich dumpf an, während ich wartete. Es war, als würde ich alles aus der Ferne beobachten. Die ganze Welt löste sich aus den Angeln – sogar die Zeit stand still. Wenn man mich gefragt hätte, wie lange es dauerte, hätte ich gesagt, eine Ewigkeit.

Dann war es vorbei. Zumindest das Hauptbeben. Plötzlich zitterten nur noch unsere Körper. Wir machten alle merkwürdige, namenlose Geräusche vor Angst und Erleichterung.

»Die Stadt ist weg«, flüsterte ich schließlich. Ich weiß noch, wie ich zum Hafen hinunterblickte und nichts als undurchdringliche Finsternis sah. Als hätte sich die Erde schlafen gelegt und das Licht ausgemacht. Es war totenstill, während jeder von uns an die Zerstörung dachte und wie knapp wir dem Tod entronnen waren. Dann kamen die Explosionen. Zwei Lichtblitze, die sich in gigantische Feuerbälle verwandelten und zum Himmel aufstiegen wie ein außer Kontrolle geratenes Feuerwerk.

»Sollen wir zur Hütte zurückgehen?«, fragte Rebecca. Die Unsicherheit in ihrer Stimme klang ungewohnt.

»Noch nicht«, antwortete Ms Jenkins. »Es gibt bestimmt noch mehrere Nachbeben. Im Moment ist es sicherer, wenn wir hierbleiben.«

In der nächsten halben Stunde bebte es noch drei Mal. Das zweite Beben war am schlimmsten – wie eine Antwort auf das Hauptbeben. Erst nachdem die Erde zwanzig Minuten lang ruhig geblieben war, gab Ms Jenkins Entwarnung. Niemand stellte ihre Autorität infrage oder witzelte darüber, dass bei der Exkursion doch die Schüler entscheiden sollten. Wir hatten schreckliche Angst und brauchten sie.

Sie ging vorsichtig voraus, immer einen Fuß vor den anderen. Wir hatten die Taschenlampen angeknipst und gingen so dicht hintereinander, dass ich Lisas warmen Atem in meinem Nacken spürte. Meine Beine zitterten und waren verkrampft vor Angst und zu langem Sitzen in der Kälte.

»Passt genau auf, wo ihr hintretet«, ermahnte uns Ms Jenkins. »Es könnte überall ein Erdrutsch sein oder gerade entstehen.«

In der Dunkelheit konnten wir nicht sehen, wie sehr sich die Welt um uns herum verändert hatte. Aber ich versuchte, es mir vorzustellen. An einem Punkt schien der Weg plötzlich zu Ende zu sein und wir gingen durch lose Erde und Steine. Dann quetschten wir uns zwischen Felsbrocken hindurch, die viel zu groß erschienen, um bewegt werden zu können. Aber auf dem Hinweg waren sie definitiv nicht da gewesen.

»Sind Sie sicher, dass das der richtige Weg ist?«, fragte Lisa hinter mir.

»Ja. Wartet mal. Das fühlt sich ziemlich wacklig an. Okay, ich glaube, es geht.« Ms Jenkins war auf einen hüfthohen Felsbrocken geklettert. Jonathan kletterte hinterher, dann Rebecca. Als sie oben war, drehte sie sich zu mir um und streckte mir die Hand entgegen. In diesem Moment bewegte sich der Fels und sie fiel mit einem lauten Schrei nach vorn und warf mich rücklings auf den Boden.

»Eigentlich hättest du mich auffangen sollen«, scherzte sie, aber ich spürte, dass sie genauso zitterte wie ich. Wir hörten, wie der Felsbrocken den Abhang hinunterrollte und irgendwo im Gebüsch liegen blieb.

»Verdammt.«

»Alles okay mit euch?«

»Was ist passiert?«

Lichtkegel wanderten durch die Dunkelheit. Ich nickte und lächelte schwach. Mehr schaffte ich nicht.

Erleichtert stellten wir fest, dass die Hütte noch stand. Nur die Umgebung sah nicht mehr so aus wie vorher, soweit wir das im Dunkeln beurteilen konnten. Ms Jenkins schärfte uns ein, draußen zu warten, während sie die Hütte dreimal mit der Taschenlampe umrundete. Sie inspizierte das Fundament, trat prüfend gegen die Wände und lehnte sich gegen den Wassertank. Ich vertraute ihr. So wie man als Kind seinen Eltern blind vertraut, weil alles andere viel zu beängstigend wäre.

Als wir schließlich hineingingen, liefen wir alle rastlos umher, als müssten wir dringend etwas erledigen, wüssten aber nicht mehr, was. Ich stand neben Lisa am Bett. Sie drehte sich zu mir um und vergrub ihren Kopf an meiner Brust. Jemand zündete eine Kerze an und die Stille wurde durch das Knistern des Funkgeräts unterbrochen.

»Hier spricht JG67.« Ms Jenkins saß am Tisch und sprach mit ruhiger Stimme in das Funkgerät. Sie war viel härter im Nehmen, als ich gedacht hatte. »Hier spricht JG67. Können Sie mich hören? Over.«

Wir scharten uns um sie und warteten auf die knisternde Antwort. Nichts. Sie versuchte es wieder und wieder. Dreißig Minuten lang immer dieselbe Nachricht. Als wäre sie ganz sicher, dass beim nächsten Mal jemand antwortete. Doch es antwortete keiner.

Dann krochen wir in unsere Betten. Alle fünf dicht nebeneinander in der unteren Etage. Sobald ich die Augen schloss, füllte sich mein Kopf mit Bewegung. Als ich eindöste, fühlte ich mich wieder wie ein Baby, das langsam in den Schlaf schaukelte.

11

21. April

Ich habe mir ein Ziel gesetzt. Noch drei Tage. Dann ist der Arzt tot. Wenn ich zu lange warte, entdeckt man mich bestimmt. Es hört sich so einfach an, wenn ich es aufschreibe. Dann ist der Arzt tot. An einem Ort wie diesem muss es zig Möglichkeiten geben, jemanden umzubringen, und ich hatte mehr als genug Zeit, um mir Gedanken zu machen. Doch je länger ich darüber nachdenke, desto schwieriger kommt es mir vor. Das kommt bestimmt von der Angst.

Wenn gar nichts anderes geht, greife ich ihn einfach direkt an. Aber nur wenn mir wirklich nichts anderes übrig bleibt. Im Fernsehzimmer gibt es einen Stuhl, bei dem man die Beine abschrauben kann. Das Stuhlbein liegt gut in der Hand und hat genau das richtige Gewicht, um es als Waffe zu benutzen. Ich muss mich nur von hinten anschleichen und dann so lange auf ihn einschlagen, bis sein Kopf kein Kopf mehr ist. Ich wäre dazu imstande. Und dann könnte ich sogar auf geistige Unzurechnungsfähigkeit plädieren – die passende Diagnose dazu hat der Arzt ja schon gestellt. Natürlich hätte das seinen Preis. Möglicherweise müsste ich den Rest meines Lebens an einem Ort wie diesem verbringen. Aber ich könnte wieder sprechen und Besucher empfangen. Es wäre es wert. Das größte Problem ist das Risiko, dass ihm jemand zu Hilfe kommen und meinen Plan vermasseln könnte, ehe ich ihn zu Ende gebracht habe. Oder das Risiko, dass ich nicht stark genug wäre. Das könnte ich nicht ertragen. Ich würde es nicht ertragen, noch einmal zu versagen.

Ich habe auch schon überlegt, ob ich ihn vergiften soll. Ich habe sämtliche Pillen gesammelt, die eigentlich für mich bestimmt waren, und sie hier in diesem Raum versteckt. Dummerweise weiß ich nicht, was es für Medikamente sind und wie sie genau wirken. Außerdem habe ich keine Ahnung, wie ich sie ihm unauffällig verabreichen soll. Es ist ja nicht gerade so, dass wir zusammen zu Abend essen. Und vor allem wäre ich dann bei seinem Todeskampf nicht dabei. Das will ich nicht. Ich will dabei sein. Ich will es sehen. Ich will es miterleben.

Die Psychiatrie befindet sich im dritten Stock und die Fenster gehen auf einen asphaltierten Hof hinaus. Ich stelle mir immer wieder vor, wie er durch die Luft fällt und verzweifelt um Hilfe ruft, während sein Leben im Zeitraffer an ihm vorbeizieht und keiner außer mir zusieht. Leider sind sie hier nicht so dumm, dass sich die Fenster einfach so öffnen ließen. Wenn dem so wäre, würden hier bestimmt mehrere Leute am Fenster vorbeifliegen. Wenn es nur eine Möglichkeit gäbe, ihn auf einen der Balkone zu locken. Ich habe mir überlegt, dass ich ihn auf einer seiner Runden ansprechen könnte. Ich könnte ihm zeigen, dass ich sprechen kann, und ihn unter einem Vorwand nach draußen locken. Oder ich stürze mich einfach auf ihn und werfe ihn durch ein Glasfenster. Es gibt auch eine Feuerleiter, aber ich weiß nicht, wie ich ihn dorthin bringen soll. Vielleicht wenn ich einen Feueralarm auslösen würde. Die Idee ist noch nicht ganz ausgereift.

Ich stelle mir einfach nur immerzu vor, wie der Arzt in die Tiefe stürzt.

Ich könnte auch jemand anders dazu bringen, die Aufgabe für mich zu erledigen. Bestimmt gibt es hier Leute, die nur einen kleinen Anstoß bräuchten, um noch mehr durchzudrehen. Man könnte einen Tumult verursachen, mit ihm mittendrin. Es wäre toll zu sehen, wie er von einem Haufen Verrückter verprügelt wird. Trotzdem ist es zu unsicher. Zu unberechenbar. Manchmal wünschte ich, er wäre eine Katze. Dann hätte er sieben Leben und könnte sieben Mal sterben. Und ich könnte mir sieben verschiedene Tode für ihn ausdenken und mit ansehen.

Aber das sind alles nur Träume. In Wirklichkeit sitze ich hier allein in diesem kleinen Raum. Heute kommt er mir noch kühler vor als sonst. Mir ist außen und innen kalt. Die Kälte von innen kommt von dem Wissen, dass nicht nur ich Pläne habe, sondern er bestimmt auch. Vielleicht denkt er gerade jetzt, wo ich hier sitze und schreibe, darüber nach. Nur noch drei Tage und es gibt noch so viel zu tun. Wenn er das nächste Mal auf die Station kommt, werde ich ihm heimlich folgen. Ich brauche mehr Informationen.

Und nun muss ich Worte für etwas finden, was ich nicht länger hinausschieben kann. Für das, was all das hier erklärt. Auch wenn es mir unendlich schwerfällt, es aufzuschreiben.

12

Am nächsten Morgen wachte ich benommen auf. Ich erkannte die einzelnen Teile meiner Welt, konnte sie aber nicht zu einem Bild zusammensetzen. Es war, als hätte ein Sturm die Puzzleteile durcheinandergewirbelt. Dieselbe Hütte, dieselben Schlafsäcke, dieselben Gesichter. Doch drum herum eine Welt, die kopfstand. Und dazu noch die Bilder der vergangenen Nacht in meinem Kopf. Ich wusste nicht, wo ich anfangen sollte.

Zuerst konzentrierte ich mich auf simple Tätigkeiten, in der Hoffnung, dass dann wieder alles in Ordnung käme. Das taten wir alle. Rebecca setzte Wasser auf, Ms Jenkins widmete sich erneut dem Funkgerät, Lisa focht ihren allmorgendlichen Kampf mit der Ausrüstung und fluchte über einen einzelnen Strumpf und eine verschollene Zahnbürste. Jonathan lehnte sich zurück und beobachtete alles mit dem üblichen Grinsen, auch wenn es nicht mehr so selbstsicher wirkte. Und ich öffnete mein Päckchen mit Erdnüssen, das ich für Notfälle aufbewahrt hatte. Ich ging davon aus, dass dies als Notfall galt. Keiner von uns sagte viel.

Ms Jenkins forderte uns auf, uns an den Tisch zu setzen und unser Müsli zu essen. Während wir langsam kauten, versuchte sie, uns die Lage zu erklären. Ihre Rolle war unmissverständlich.

Sie trug jetzt die Verantwortung und würde uns in Sicherheit bringen. Die Regeln hatten sich geändert.

»Also gut. Zu heute. Ich bin noch vor Sonnenaufgang zum Gipfel hochgegangen. Es brennt immer noch nirgends Licht. Als es hell wurde, habe ich gesehen, dass der Schaden hier oben auch ziemlich schlimm ist. Rundherum gibt es mehrere Erdrutsche und so, wie es aussieht, hat sich weiter unten eine riesige Spalte geöffnet. An der Stelle, wo wir gestern Abend saßen, ist ein kompletter Felsvorsprung weggebrochen.«

»Mann, haben wir Glück gehabt!«, sagte Rebecca.

»Später hat es sich zugezogen, deshalb konnte ich nicht mehr so viel erkennen. Jedenfalls schien es so, als wäre auf dem Mount Marchant auch eine Geröllawine niedergegangen. Ich bin zwar keine Expertin, aber ich nehme an, dass die Erdrutsche auch in den Tälern Schaden angerichtet haben. Es kann sein, dass sich dort der Fluss staut. Was noch? Ich bekomme immer noch keinen Funkkontakt, was mir sehr sonderbar vorkommt. Das heißt, wir haben keinen Wetterbericht. Unter diesen Voraussetzungen wäre es verrückt, die Gipfel zu überqueren, vor allem bei der schlechten Sicht. Bleiben also nur zwei Möglichkeiten.«

Sie hielt inne und sah uns eindringlich an, als wollte sie sichergehen, dass wir verstanden.

»Ich will die Sache nicht schlimmer machen, als sie ist. Rebecca hat recht. Wir hatten ein Riesenglück und hier oben sind wir im Moment sicher. Aber ich möchte, dass ihr eins begreift: Die Lage ist wirklich ernst und wir müssen sehr, sehr vorsichtig sein. Das ist euch doch klar, oder?«

Wir nickten. Sie würde vorsichtig sein. Und wir würden tun, was sie sagte. Es war nicht allzu schwierig.

»Gut. Wo war ich?«

»Zwei Möglichkeiten.« Wir anderen saßen immer noch auf unseren Plätzen, doch Rebecca hatte ihr Müsli bereits aufgegessen, sich neben Ms Jenkins gestellt und sich wortlos zu ihrer Assistentin ernannt.

»Genau. Also, wir können noch eine Nacht oder sogar zwei hierbleiben und warten, bis sich die Lage da unten wieder etwas normalisiert hat. Irgendwann werden wir wieder Funkkontakt haben, da bin ich mir ganz sicher. Dann können wir ihnen mitteilen, dass uns nichts passiert ist, und den Rat der Bergwacht befolgen. Die andere Möglichkeit wäre, sehr, sehr vorsichtig wieder von hier runterzugehen, und zwar auf dem Weg, den wir gekommen sind. Wahrscheinlich werden wir nur sehr langsam vorankommen, je nachdem, wie es mit den Geröllfeldern aussieht. Schätzungsweise drei Tage. Keine Ahnung.«

»Dann lieber weg von hier«, sagte Jonathan.

»Und warum?«, fragte Rebecca.

»Weil wir kein Essen haben. Wenn wir hierbleiben, verhungere ich.«

»Wir haben noch jede Menge Proviant.«

»Aber nicht so viel.«

»Wir haben doch die Notfallrationen dabei. Wir werden schon nicht verhungern.«

»Am besten überprüfen wir das sofort«, sagte Ms Jenkins. »Das ist ein wichtiger Punkt. Jeder holt seinen Proviant und legt ihn auf den Tisch. Und zwar alles, auch die heimlichen Vorräte.«

Ich wusste genau, was als Nächstes geschehen würde. Der Haufen auf dem Tisch war nicht besonders groß. Wir hatten eine Tafel Schokolade, mehrere Beutel Reis, mein halbes Päckchen Erdnüsse, eine Möhre, eine kleine Salami und eine Tüte zerdrückter Brötchen. Ms Jenkins legte noch Käse, Kekse und eine große Packung Müsliriegel dazu. Trotzdem sah es immer noch so aus, als stünde die Entscheidung längst fest.

»Aber das kann nicht sein!« Lisa starrte ungläubig auf den Tisch. »Wir hatten viel mehr. Was ist denn mit dem Brot und den Nudeln?«

»Das haben die Ratten angefressen«, erinnerte sie Jonathan.

»Aber nicht die Nudeln.«

»Stimmt. Wo sind sie?«, fragte Rebecca.

Jonathan und ich wechselten einen Blick und wir dachten beide darüber nach zu lügen.

»Wir, ähm, haben sie gegessen«, gestand ich. »Als wir in Riversdale übernachtet haben. Nachdem die Pizzas verbrannt waren, hatten wir einen Riesenhunger und –«

»Was heißt hier wir?«, fragte Rebecca scharf. »Das waren fünf Pakete!«

»Ich und Jonathan und noch ein paar Typen, die Karten gespielt haben.«

»Wir konnten doch nicht ahnen, was passieren würde«, versuchte sich Jonathan zu rechtfertigen. Vergeblich. Damals schien es nicht wichtig zu sein, aber es war eine schwache Entschuldigung und das wussten wir. Rebecca starrte uns zornig an und wir schwiegen verlegen. Ich hoffte, Ms Jenkins käme uns zu Hilfe. Tat sie aber nicht.

»Vielleicht reicht es ja trotzdem«, meinte Lisa leise. Sie sah Ms Jenkins an. »Was glauben Sie? Was sollen wir jetzt tun?«

»Das müsst ihr entscheiden.«

»Nein«, widersprach Lisa. »Sie entscheiden. Es ist zu wichtig. Wir machen nur wieder alles falsch.«

»Sagen wir so«, sagte Ms Jenkins. »Ich glaube, beide Möglichkeiten sind nicht verkehrt, solange wir uns einig sind und uns entsprechend verhalten. Normalerweise wäre ich dafür hierzubleiben. Aber wir wissen nicht, wie schlimm die Dinge unten in der Stadt wirklich stehen. Wer weiß, wie lange es dauert, bis Hilfe kommt. Egal, wofür wir uns entscheiden, wichtig ist, dass wir uns auf eine Möglichkeit einigen. Deshalb möchte ich von jedem wissen, was er denkt.«

Wir bemühten uns, es ihr zu sagen. Einer nach dem anderen mit nervöser Stimme. Hierzubleiben schien das Vernünftigere zu sein. Bestimmt würden sie das auch in einem Ratgeber über Sicherheit in den Bergen empfehlen. Dagegen sprach die Tatsache, dass wir alle so schnell wie möglich nach Hause wollten. Die Vorstellung, hier oben auszuharren und zuzusehen, wie die Vorräte schwanden, während wir uns schreckliche Sorgen um unsere Familien und Freunde machten, war unerträglich. Wir stimmten mit drei gegen eine Stimme dafür, nicht zu bleiben. Ich war die Gegenstimme. Eigentlich wollte ich gar nicht hierbleiben. Ich wollte nur demonstrieren, dass ich verantwortungsvoll sein konnte, nachdem ich das mit den Nudeln vermasselt hatte.

»Na gut. Dann gehen wir also«, sagte Ms Jenkins.

»Sind Sie sicher, dass es die richtige Entscheidung ist?«, fragte Lisa.

»In diesem Fall ja. So, und jetzt holt bitte eure Karten und Kompasse. Wir müssen uns überlegen, welche möglichen Routen es von hier aus gibt.«

»Und was ist, wenn wir keine Karten und Kompasse haben?«, fragte Jonathan. Ich starrte auf den Boden. Lisa auch. In einer der Mittagspausen hätten wir uns die Sachen besorgen sollen. Aber es war so angenehm warm in der Sonne gewesen. Noch etwas, was uns damals nicht wichtig erschienen war.

»Verdammt noch mal!«, entfuhr es Rebecca. »Erst fresst ihr

unseren Proviant auf und dann habt ihr weder Karte noch Kompass dabei. Habt ihr wenigstens Regenjacken?« Ich dachte schuldbewusst an meine halbwegs wasserdichte Jacke, die ich mir in letzter Minute ausgeborgt hatte.

»Reg dich nicht auf, Rebecca«, sagte Ms Jenkins.

»Doch, ich rege mich auf. Die sind alle so was von unfähig!«

»Und du bist ja so perfekt«, entgegnete Lisa. Jonathan grinste. Mir war es egal, was sie dachten. Ich war müde. Alles war schiefgegangen. Ich wollte nur noch nach Hause. In meinem Kopf war die Exkursion bereits vorüber. Wir hatten versagt, auch wenn es eigentlich nicht unsere Schuld war. So sah ich das.

Rebecca stapfte mit finsterer Miene zu ihrem Bett und kam mit Karte und Kompass zurück. Sie warf beides vor uns auf den Tisch und trat wieder auf die andere Seite neben Ms Jenkins.

»Wenn man die Karte aufklappt, kann man übrigens mehr erkennen«, erklärte sie schnippisch.

»Also gut.« Ms Jenkins versuchte, unsere Aufmerksamkeit wieder auf die wichtigen Dinge zu lenken. Ich fragte mich, wie sie es schaffte, uns nicht anzuschreien oder zu ohrfeigen. »Wir gehen hier entlang zurück, vorbei an Hell's Gate. Ich schätze, dass es hier und hier und vielleicht auch hier am schlimmsten mit den Erdrutschen aussieht. Das bedeutet große Umwege. Einfach darüberzuklettern wäre zu gefährlich. Das heißt, wir werden uns häufig durchs Gebüsch kämpfen müssen. Wenn wir es bis hierher geschafft haben, gehen wir entweder den Bull Mound runter oder den Kamm des Mount Marchant entlang. Vor Ort sehen wir hoffentlich, was die klüger ist. Ihr müsst unbedingt versuchen, eure Ausrüstung so wasserdicht wie möglich zu machen. Ich habe noch ein paar Reservehüllen dabei, falls noch jemand welche braucht. Ich habe keine Ahnung, wie schwer der Abstieg werden wird. Aber wir sollten damit rechnen, dass wir mindestens eine Nacht im Freien verbringen müssen. Noch Fragen?«

»Tun wir es einfach.«

»Gut. Aber zuerst möchte ich noch von euch wissen, wie es euch nach alldem geht. Ganz ehrlich. Rebecca?«

»Mir geht's gut.«

»Immer noch sauer auf die anderen?«

»Ein bisschen.«

»Vergiss es einfach.« Ich sah, wie Rebecca etwas auf den Lippen lag, sie dann aber lächelte.

»Gut. Was ist mit dir, Jonathan?«

»Ich freu mich drauf.«

»Im Ernst.«

»Ich bin in Ordnung«, erklärte er achselzuckend.

»Lisa?«

»Ich bin ein bisschen müde. Und ich habe Angst.«

»Wovor?«

»Dass ich nicht mithalten kann.«

»Okay. Du gehst in der Mitte. Na gut, dann kann's jetzt losgehen.«

»Ähm, Ms Jenkins?« Es war Lisa, der es auffiel.

»Ja?«

»Sie haben Marko gar nicht gefragt.«

Ms Jenkins versuchte, ein überraschtes Gesicht zu machen. Trotzdem wusste ich genau, was los war. Sie hatte meinen Namen vergessen. Lisas Name war ihr eingefallen, aber meiner nicht. Ich war dunkelrot vor Verlegenheit und stinksauer. Mir war nicht klar gewesen, wie unscheinbar ich war.

»Also, Marko«, sagte Ms Jenkins und versuchte, sich den Namen einzuprägen. »Wie geht es dir?«

»Ich will einfach nur los«, sagte ich beleidigt und sie fragte nicht weiter.

»Kann ich verstehen. Bevor wir aufbrechen, laufe ich noch schnell zum Weg runter und schau nach, ob man dort überhaupt durchkommt. Ich bin gleich wieder da. Vielleicht macht ihr solange noch die Spüle sauber? Könnte nicht schaden. Und denkt daran, dass ihr ein paar Tage lang nicht in die Nähe eines Klos kommen werdet. Also, bis gleich.«

Sie stellte ihren Rucksack neben der Tür ab. Dann war sie weg. Wir warteten und sahen zu, wie Rebecca das Spülbecken mit einem ekligen alten Schwamm sauber machte. Schließlich schlug Jonathan vor, dass wir uns die Wartezeit mit Kartenspielen vertreiben sollten. Aber Rebecca meinte, das würde sich nicht lohnen. So saßen wir schweigend da und warteten. Lisa sah immer wieder auf die Uhr und Jonathan sagte mehrmals: »Seht ihr, wir hätten doch Karten spielen können.«

Ich hab mir keine großen Gedanken gemacht. Ich machte mir keine Sorgen. Ms Jenkins konnte sehr gut auf sich aufpassen. Wenn es länger dauerte, gab es bestimmt einen guten Grund dafür. Die Minuten verstrichen.

»Sie ist jetzt eine Dreiviertelstunde weg«, sagte Lisa schließlich. »Das ist zu lang.«

»Wir können eh nichts machen«, sagte Jonathan. »Sie wird bestimmt bald aufkreuzen.«

»Aber vielleicht sollten wir nachsehen, wo sie so lange bleibt.«

»Dann geh doch.«

»Ich meinte nicht mich.«

»Es wäre sowieso das Dümmste, was wir tun könnten«, sagte Rebecca. »Man soll eine Gruppe nie auseinanderreißen, wenn es nicht unbedingt sein muss.«

Irgendwie hat mich das getroffen. Wie sie mit uns redete. Als wäre sie was Besseres. Als wären wir kleine Kinder. Ich hatte es satt. Genau so, wie ich es satthatte, unsichtbar zu sein. Also stand ich auf, ehe ich überhaupt darüber nachdenken konnte.

»Ich werde trotzdem mal nachsehen, wo sie bleibt«, erklärte ich. »Bin gleich wieder da.« Ich war draußen, ehe irgendjemand etwas sagen konnte. Ich glaube, sie waren genauso überrascht wie ich. Niemand folgte mir.

Draußen schien die Welt seltsam normal. Wahrscheinlich hat die Natur schon unzählige Erdbeben gesehen. In der Luft lag der vertraute Geruch nach feuchter Erde und auf den Blättern glitzerten feine Regentropfen. Alles sah ganz normal aus. Nur ein bisschen düsterer und unfreundlicher, als ich es in Erinnerung hatte. Je weiter ich mich von der Hütte entfernte, desto mehr spürte ich die Wildnis und Weite des Waldes. Überall sah ich Schatten. Ohne meinen Rucksack und die anderen fühlte ich mich schutzlos und allein. Obwohl der Pfad vor mir gut zu begehen war, hatte ich das Gefühl, dass der Weg hinter mir mit jedem Schritt schmaler wurde. Ich lief schneller, in der Hoffnung, der Angst zu entkommen, die mir den Hals zuschnürte. Nach jeder Biegung sah ich mich suchend nach Ms Jenkins um, aber ich konnte sie nirgends entdecken. Warum hatte ich den anderen unbedingt etwas beweisen wollen? Warum war ich nicht bei ihnen in der Hütte geblieben? Trotzdem lief ich weiter.

Dann hörte ich plötzlich eine Männerstimme. Es kam so unerwartet, dass ich wie angewurzelt stehen blieb. Ich verstand zwar nicht, was sie sagte, aber irgendetwas am Klang der Stimme ließ mein Herz schneller schlagen. Ich sah in die Richtung, aus der die Stimme gekommen war. Vor mir wand sich der Pfad hinauf zum Kamm und verschwand außer Sichtweite. Dann hörte ich

Ms Jenkins' Stimme. Diesmal bewegte ich mich nicht und verstand die Worte.

»Ich habe es Ihnen schon einmal gesagt. Lassen Sie mich gehen.« Sie klang wie jemand, der versuchte, ruhig und vernünftig zu klingen, aber kurz davor ist, in Panik auszubrechen. Das war der Moment, in dem ich hätte handeln müssen. Ich hätte rufen müssen. Oder schnell zurücklaufen und die anderen holen. Bis zur Hütte war es nicht weit. Ich hätte nicht einfach nur dastehen und dann langsam weiterschleichen sollen. Wie ein dummer, nutzloser Zuschauer.

Geduckt schlich ich den Weg entlang und versuchte, keinen Laut zu machen. Trotzdem trat ich ständig auf Zweige und gegen Steine.

»Du gehst erst, wenn wir das wollen.«

»Hören Sie auf, mich zu belästigen.«

»Wieso denn belästigen? Wir wollen uns doch nur ein bisschen mit dir unterhalten. Du hast uns noch gar nicht verraten, wie du heißt.«

»Lassen Sie mich los!«

Dann sah ich sie. Ich kauerte auf dem Boden und spähte vorsichtig über eine Baumwurzel. Sie standen nur zehn Meter von mir entfernt. Seitdem habe ich vieles vergessen, aber davon nichts. Kein einziges Detail.

Es waren drei Männer. Sie standen alle drei mit dem Rücken zu mir. Der größte trug eine leuchtend rote Windjacke und Shorts. Er hatte die muskulösen Beine eines geübten Wanderers und trug feste Wanderschuhe mit dicken Socken. Er hatte Ms Jenkins gegen einen Baumstamm gedrängt und hielt ihre Handgelenke über ihrem Kopf fest. Die anderen beiden Männer standen daneben. Sie waren etwas kleiner und trugen Kapuzenjacken. Der eine war eher schmal, der andere stämmig. Der kräftigere hatte ein Jagdgewehr über der Schulter. Sie sahen beide völlig entspannt aus, als würde nichts Besonderes passieren.

Am deutlichsten erinnere ich mich an Ms Jenkins oder an das, was ich von ihr sehen konnte. Sie trug ihre dunkelblaue, ärmellose Jacke und graue Shorts. Ich weiß noch, dass ein Schuh offen war und ihre Armbanduhr auf dem Boden lag. Ich erhaschte nur einen kurzen Blick auf ihr Gesicht, auf dem sich eine Mischung aus Wut und Beherrschung spiegelte. Ich war auch wütend und jedes Mal, wenn ich daran denke, werde ich noch wütender. Wütend auf ihn und die anderen Männer. Aber vor allem wütend auf mich selbst. Weil ich nicht gerufen oder etwas getan habe. Weil ich so nah war und einfach nur tatenlos zugesehen habe.

Ich habe versucht, mir einzureden, dass mir anfangs nicht klar war, was hier eigentlich vor sich ging. Aber das stimmt nicht. Die Wahrheit ist, dass ich ein Feigling bin.

»Weißt du, was?« Der große Kerl übernahm das Reden. Er lehnte sich gegen Ms Jenkins und verdeckte sie so, dass ich sie nicht mehr sehen konnte. »Wenn du wütend bist, bist du sogar noch hübscher. Sag mal, hast du einen Mann oder einen Freund zu Hause?«

»Was wollen Sie von mir?«

»Oh, entschuldige. Ich bin dir wohl nicht direkt genug.«

Es ist mir egal, was er gesagt hat. Er wusste genau, was er tat. In seiner Stimme war nichts Verrücktes. Es war pure Absicht. Jedes Wort, jede Geste. Grausame Absicht.

»Fick dich selbst!«

Das war sie. Meine allerletzte Chance, etwas zu tun. In Gedanken habe ich die Szene bestimmt tausendmal durchgespielt. Und es ist immer genau an dieser Stelle, in dem Moment, als sie die Beherrschung verliert und jede Maske fällt, wo sich alles entscheidet. Aber ich tat nichts. Meine Chance war vorbei.

Es ging alles so schnell. Die Bilder ziehen einzeln an mir vorüber wie bei einem Comic. Ein Schreckensbild nach dem anderen. Bis das letzte, unvermeidliche Bild da ist. Kein Abspann, keine Namen der Schauspieler, kein Make-up, das abgewischt wird, keine Lichter, die angehen.

Er lässt eine Hand los. Seine Bewegungen sind langsam und selbstsicher. Drei Männer und ein Gewehr, ohne Regeln und nichts zu befürchten. Seine Hand gleitet nach unten, streift ihr Gesicht und über die Rundung ihrer Brust. Sie schlägt zu. Nicht mit der Hand, sondern mit dem Knie. Sie erwischt ihn im Schritt, er stöhnt auf und lässt sie los. Sie macht einen Satz nach vorn. Ich sehe zu. Die anderen beiden rücken zusammen und drücken sie wieder gegen den Stamm. Er richtet sich wieder auf. Beschimpft sie. Sie schimpft zurück. Dann der Schlag mit dem Arm, genau in dem Moment, als sie sich losreißen will. Ihr Kopf ist gesenkt, als der Schlag sie trifft. Der Kopf schnellt nach hinten. Ein schreckliches Knacken und ihr Hinterkopf knallt gegen den Baumstamm. Ihr Körper sackt zusammen. Ich sehe immer noch zu.

Alle drei beugen sich über sie. »Verdammt. Ich glaube, du hast sie …« Schweigen.

»Ach was. Der geht's gut. Lasst mich mal sehen.«

»Aber sieh doch mal. Da ist …«

»Oh, Scheiße …«

Sie fummeln an ihrem Nacken, ihrem Kopf. Dann keine Bewegung. Totenstille, die sich im ganzen Tal ausbreitet und alle meine Gefühle mitnimmt.

»Das wollte ich nicht …«

»Du hast sie umgebracht.«

So simpel. So dumm. So sollte das eigentlich nicht sein. Der Tod sollte etwas Bedeutungsvolles sein. Etwas Großes. Nicht nur irgendein Moment aus dem Nichts. Gerade eben noch am Leben und dabei, einen Weg zu überprüfen. Ein paar Fremde und dann ohne Vorwarnung, ohne Trara: nicht mehr am Leben. Es schien so nichtig, so sinnlos, so schäbig.

In dem Moment, als sie das Wort sagten, rannte ich los und sie hinter mir her.

Selbst wenn du um dein Leben rennst, ist dein Körper immer noch nur dein Körper. Dir wachsen weder plötzlich Flügel, noch entwickelst du übermenschliche Kräfte, so wie in den Filmen. Du kannst nicht einfach superschnell davonlaufen. Immer weiter und weiter. Wenn du Glück hast, hast du zwanzig Sekunden Vorsprung. Mehr nicht. Dann ist dein Körper am Ende. Irgendwann wirst du langsamer, ob du willst oder nicht. Deine Lungen brennen, deine Muskeln versagen, du taumelst nur noch. Neuer Sauerstoff gelangt in deine Beine und du läufst wieder los, wenn auch etwas langsamer als zuvor. Deine Verfolger müssen nur gleichmäßig laufen, dann kriegen sie dich. Selbst wenn sie am Anfang langsamer sind als du. Aber ich hatte Glück. Die drei rannten genauso panisch drauflos wie ich und gaben mir eine Chance. Ich hörte ihre verzweifelten Schritte hinter mir, die weder näher kamen noch zurückfielen. Ich konnte nicht mehr. Meine Lungen versagten und ich war mir sicher, dass sie mich kriegen würden. Aber als ich mich umdrehte, sah ich nur den ersten von ihnen. Er war wie ich stehen geblieben und rang keuchend nach Luft. Ich schöpfte neue Hoffnung.

Ich lief wieder los und begriff, dass ich in einem Tempo laufen musste, das ich bis zur Hütte durchhalten konnte. Ich bin nicht besonders fit, aber ich bin siebzehn. Ich habe kein Auto. Ich gehe oft zu Fuß und spiele Fußball und Volleyball. Außerdem trainiere ich zweimal pro Woche Judo. Sie dagegen waren erwachsene Männer. Mit trägen Beinen vom jahrelangen Herumsitzen in Büros und schweren Bäuchen von den vielen Feierabendbieren. Mein Vorsprung wurde größer, aber sie gaben nicht auf. Ich brauchte noch mehr Zeit, damit ich die anderen in der Hütte rechtzeitig warnen konnte. Also verlangte ich meinem Körper Unmögliches ab und lief wieder schneller. Es tat so weh, dass ich kurz davor war, mich zu übergeben. Doch dann sah ich das grüne Dach und mein Körper vergaß die Schmerzen.

»Jonathan, Rebecca, Lisa! Ihr müsst abhauen!« Ich hatte kaum noch Luft zum Rufen und meine Stimme war viel zu leise.

»Hallo, Marko!«, rief Lisa vom Balkon herunter. Sie sah zu entspannt aus. Sie begriff nichts. »He, Leute. Marko ist wieder da.«

Meine Verfolger schienen es auch gehört zu haben und das Geräusch einer anderen Stimme schien sie noch mehr in Panik zu versetzen. Eine Sekunde später krachte ein Gewehrschuss durch die Luft und verhallte im Tal. Ich musste nichts mehr erklären.

»Lasst die Rucksäcke stehen. Keine Zeit!«, war alles, was ich herausbrachte. Die Hütte hatte eine Hintertür und ich rannte geradewegs durch sie hindurch, in der Hoffnung, dass sie begriffen und mir einfach hinterherliefen. Später erzählten sie, ich hätte so aufgelöst ausgesehen, dass sie auch ohne Schuss kapiert hätten, wie ernst die Lage war. Ich rannte, so schnell ich konnte, die Anhöhe empor, doch meine Kraft ließ nach und schon bald holten sie mich ein.

»Wohin?«

»In den Wald«, krächzte ich. »Verstecken.«

Wir bogen vom Weg ab, zwängten uns durchs Gebüsch und schlitterten steile Abhänge hinunter. Nach einigen Minuten blieben wir mit zitternden Beinen stehen und zwängten uns hinter den Stamm eines umgestürzten Baums. Wir warteten und lauschten angespannt. Die Köpfe der anderen zum Bersten voll mit Fragen. Und in meinem Kopf die Antworten, die ich einfach nicht glauben wollte.

13

22. April

Gestern Abend ist er noch mal zu mir gekommen, um nach mir zu sehen. Ich war wach und wartete. Mittlerweile kann ich ihn schon am Geruch erkennen. Er ist Raucher und verwendet kein Rasierwasser. Er riecht nach frisch gewaschenen Kleidern. Ich hielt die Augen geschlossen und konzentrierte mich darauf, meinen Herzschlag zu verlangsamen. Ich weiß jetzt, wie das geht. Reine Übungssache. Einen Moment lang verzögerte sich auch sein Atem, als hätte er was gemerkt. Wir verharrten beide in der Dunkelheit und fragten uns, ob dies der richtige Moment zum Töten war. Wir warteten beide darauf, dass der andere seinen ersten Zug machte. Ich rührte mich nicht und er auch nicht. Ich hörte, wie er zur Krankenkarte am Fußende meines Betts ging. Dann umschlossen seine kalten Finger mein Handgelenk und fühlten meinen Puls. Bestimmt hat er gespürt, wie mein Herz kurz schneller schlug. Dann ging er langsam und beinahe geräuschlos wieder weg. Nur seine knackenden Fußknöchel verrieten ihn. Er blieb eine Weile vor meiner Tür stehen, in der Hoffnung, dass er mich ausgetrickst hatte. Vielleicht bekommt er allmählich Angst. Das sollte er auch.

Als ich hörte, wie er endlich den Flur entlangging, schlüpfte ich lautlos aus dem Bett. Nachts sieht die Station ganz anders aus als tagsüber. Ein schummriger Ort voller seltsamer Geräusche. Überall Gurgeln und Murmeln ruhiggestellter Menschen. Verrückte mit verrückten Träumen, wahrscheinlich ohne dass sie sich dessen bewusst sind.

Ich schlich langsam über den Flur und lauschte angespannt. Ich hörte alles: die schwache Melodie aus einem leise gedrehten Radio im Schwesternzimmer. Das Geräusch meiner nackten Füße auf dem schmutzigen Fußboden. Weiter vorne eine Bewegung, im zweiten oder dritten Zimmer vor mir. Der Arzt machte seine Runde fertig und sah nach echten Patienten. Nach Patienten, die er nicht zum Schweigen bringen musste. Ich schlich rasch zum Besucherzimmer, mit der Absicht, ihm zu folgen, wenn er wieder vorüberkam. Ich versuchte, kein Geräusch zu machen, und verfluchte die Tatsache, dass ich so lange ungeschützt hier draußen herumlaufen musste. Ich gelangte in die schützende Dunkelheit des Raums, verbarg mich hinter der halb offenen Tür und wartete, dass sich mein Puls wieder normalisierte. Ich kroch zu dem Stuhl mit den abschraubbaren Beinen und drehte eines ab. Als ich das Stuhlbein in der Hand hielt, beschleunigte sich mein Herzschlag wieder. Ich wartete.

Ich hörte, wie er näher kam, und stellte mir vor, wie er mit großen, ahnungslosen Schritten und Unschuldsmiene den Flur entlangging. Ich stellte mir vor, wie es sich anfühlen würde, ihm den ersten Schlag auf den Hinterkopf zu versetzen, und meine Handflächen wurden feucht. Doch das Knacken seiner Knöchel hörte auf, ehe er an der Tür war. So, wie es sich anhörte, stand er genau vor meinem Zimmer und sah hinein. Ich hatte die Bettdecke so zusammengeknautscht, dass es von der Tür aus schien, als schliefe ich. Aber nicht, wenn er hineinging. Knack. Seine Füße bewegten sich. Eine kurze Pause, dann eilige Schritte den Flur entlang, viel zu schnell an mir vorbei.

»Schwester! Schwester!«, hörte ich ihn alarmiert flüstern.

»Was ist denn?« Es war Margaret.

»Er ist weg. Er ist nicht in seinem Bett.«

»Wer?«

»Na, wer wohl? Der Junge.« Mehr musste er nicht sagen. Sie wusste sofort Bescheid.

»Vielleicht ist er nur auf der Toilette«, flüsterte sie. Kein »Na und?« oder »Und wennschon«.

»Warum ist er überhaupt wach? Mit fünfzehn Milligramm müsste er die ganze Nacht durchschlafen.«

»Man kann nicht immer genau sagen –«

»Das weiß ich selbst.«

Sie gingen leise zum Schwesternzimmer zurück und ihr Flüstern wurde unverständlich. Ich hatte immer noch den verzweifelten Tonfall in der Stimme des Arztes im Ohr, der mir sagte, dass er vor Schwester Margaret nichts zu verbergen hatte. Ihre knappen Antworten flogen wie Warnpfeile durch die Luft. Ich stand wie gelähmt da und fragte mich, wie viel sie herausbekommen und dem Arzt erzählt hatte. Wenn er weiß, dass ich keine Medikamente mehr nehme, dann schlägt er bestimmt bald zu. Er muss einen Plan haben.

Ich hörte Schritte in Richtung Toilette. Es klang aber nur wie ein Paar Füße. Der andere hielt vermutlich Wache. Ich zählte bis zwanzig und hoffte, dass das zweite Paar ebenfalls weggehen würde. Nichts. Ich ging auf alle viere und wagte einen kurzen Blick nach draußen. Der Arzt stand mit dem Rücken zu mir und wartete auf Margarets Rückkehr. Er stand etwa fünf Meter von mir entfernt. Auf der Hut. Kein guter Zeitpunkt für einen Angriff.

Ich stand langsam auf und überlegte, wie groß die Chance war, unbemerkt in mein Bett zu gelangen. Die Tür lag fast gegenüber. Nur vier oder fünf Schritte von mir weg. Ich musste es versuchen.

Ich stellte mich auf ein Bein, dann auf das andere. Dabei drehte ich den freien Knöchel jeweils in der Luft, um sicher zu sein, dass er locker war und nicht verräterisch knackte. Ich lief los. Hastige Schritte auf Zehenspitzen. Ich hatte nicht die Nerven, langsam zu gehen. Wenn er sich umgedreht hätte, wäre ich einfach weitergelaufen, den Flur entlang in die andere Richtung. Weg von der Station. Weg von allem.

Er drehte sich nicht um. Ich schaffte es unbemerkt bis zu meinem Bett. Die Angst hatte meinen Körper voller Adrenalin gepumpt und ich dachte immer noch fieberhaft über einen Ausweg nach. Nach einer Chance, die Oberhand zu behalten. Schließlich legte ich mich auf den nackten Fußboden auf der anderen Seite des Betts, wo er vorher vielleicht nicht nachgesehen hatte. Ich schloss die Augen und wartete.

Zehn Minuten später kamen sie wieder und flüsterten immer noch hektisch miteinander.

»Sehen Sie! Ich hab's doch gesagt. Er ist weg!«

»Warten Sie mal.« Margarets Schritte kamen näher. »Da ist er doch. Der dumme Kerl hat sich auf den Boden gelegt.«

Langes Schweigen. Der Arzt betrachtete mich misstrauisch und versuchte, sich einen Reim darauf zu machen.

»Hat er das schon mal gemacht?«

»Keine Ahnung.«

»Dann legen Sie ihn wieder ins Bett.« Immer noch wütend. Immer noch unsicher.

Margaret rüttelte mich an der Schulter und ich tat so, als wäre ich benommen und verwirrt. Der Arzt war schon gegangen. Margaret sah wortlos zu, wie ich wieder in mein Bett kletterte.

Und jetzt schreibe ich all das so hastig auf, dass ich meine eigene Schrift kaum entziffern kann. Denn sicher ist nur eins: Mir bleibt nicht mehr viel Zeit.

14

Wir hörten, wie sie überall nach uns suchten. Sie hatten uns aus den Augen verloren und stapften planlos durchs Gebüsch. Aber das machte meine Angst nicht kleiner. Wir kauerten hinter dem Baumstamm und gaben keinen Mucks von uns. Ich hörte, wie sich die Männer auf dem Weg über uns trafen. Sie stritten über irgendetwas. Die Stimme, die ich wiedererkannte, wurde lauter als die anderen. Dann hörten wir, wie sie zur Hütte zurückgingen.

»Mensch, Marko. Was ist denn eigentlich los?«, fragte Jonathan. Seine Stimme verriet mir, dass er nicht im Geringsten ahnte, was geschehen war. Er erwartete eine Geschichte mit einem Punkt am Ende, an die wir uns später erinnern und über die wir lachen konnten. Nicht das, was ich ihm erzählen musste. Dass es erst der Anfang war und wir mittendrin. Ich wollte nicht sprechen. Ich wollte überall sein, nur nicht hier. Ich wollte, dass sie es wussten, ohne dass ich es ihnen sagen musste.

»Komm schon, Marko. Du machst uns Angst«, sagte Rebecca.

»Es ist wegen Ms Jenkins, stimmt's?«, vermutete Lisa.

Ich nickte und versuchte, im Geiste die richtigen Worte zu finden. Aber es gab sowieso keine richtigen Worte. Alle Worte darüber konnten nur falsch sein.

»Ich hab sie gesehen. Sie … sie haben sie umgebracht. Sie ist tot. Ms Jenkins ist …«

Mehr brachte ich nicht heraus. Die Worte blieben mir im Hals stecken. Ich weinte nicht. Ich hörte einfach nur auf. Zu sprechen. Zu fühlen. Ich sah ihre leeren Gesichter und die Leere saugte mich aus. Wir sagten nichts, rührten uns nicht, sahen uns nicht einmal an. Keiner von uns wusste, wie es weitergehen sollte.

»Oh Gott.« Lisa. Mehr Wimmern als Worte.

»Das ist jetzt kein Witz, oder?«, fragte Jonathan mit so sanfter Stimme, dass ich sie kaum wiedererkannte. »Nein, natürlich nicht. ’tschuldige. Scheiße.«

»Bist du sicher?«, fragte Rebecca.

Ich nickte.

»Was ist passiert?«

Sie mussten mich fragen und ich musste es ihnen erzählen. Sie sahen mich mit großen Augen an und ich erzählte ihnen alles, was ich gesehen hatte. Jede grausame Einzelheit. Als ich geendet hatte, lag ein fragender Ausdruck auf ihren Gesichtern. Als hätte ich etwas Entscheidendes vergessen. Etwas, das einen Sinn ergab.

»Aber wer sind sie?«, fragte Lisa.

»Keine Ahnung. Kranke Typen. Verrückte.«

»Aber warum haben sie Ms Jenkins festgehalten? Was wollten sie von ihr?« Lisa wollte es einfach nicht verstehen.

»Was glaubst du denn?«, erwiderte Rebecca mit tonloser Stimme.

»Nein. Das glaube ich einfach nicht. Niemand würde … nicht drei auf einmal. Nicht beim Wandern. So passiert das nicht. Das würden die Leute nie tun.«

»Haben sie aber.«

»Du hast bestimmt was missverstanden, Marko. Vielleicht hast du was nicht richtig gehört. Oder es ist was passiert, bevor du gekommen bist.«

Ich wusste genau, was sie meinte. Sie suchte nach dem, wonach auch ich gesucht hatte. Nach irgendeiner Erklärung, die es irgendwie besser machen würde. Aber leider gibt es Dinge, die man niemals besser machen kann. Es hätte ein Unfall sein können. Es hätte passieren können, als sie ihr helfen wollten. Aber dann wäre sie trotzdem immer noch tot. All die Dinge, die Ms Jenkins einmal gewesen war, hätten immer noch aufgehört. Sie würde nie mehr lachen, nie mehr weinen, nie mehr schwitzen und nie mehr atmen. Nie mehr. Nichts kann das jemals besser machen.

»Aber wodurch genau ist sie gestorben?«, fragte mich Rebecca. »Man stirbt nicht einfach so von einem Schlag gegen den Kopf.«

»Ich glaube, es lag daran, dass ihr Kopf gegen den Baumstamm geknallt ist.«

»Bist du ganz sicher, dass sie tot ist?«

»Sie haben nachgesehen. Und gesagt, dass sie tot ist.«

»Aber vielleicht ist sie es ja gar nicht«, sagte Lisa hoffnungsvoll.

»Sie ist tot. Kapiert, Lisa?«, sagte Jonathan gereizt.

»Wie heißt sie?«, fragte Lisa. Ich dachte, jetzt wäre sie endgültig durchgedreht.

»Ms Jenkins«, antwortete ich so sanft wie möglich, voller Angst, sie könnte laut losschreien und unser Versteck verraten.

»Nein. Ich meine mit Vornamen. Ich finde, wir sollten ihren vollen Namen verwenden.«

Aber keiner von uns kannte ihren Vornamen. Das war zu viel für mich. Der Schmerz kam in Wellen und brach aus mir heraus. Die Tränen lockerten jeden Muskel, schwemmten jede Beherrschung davon, bis ich unkontrolliert schluchzte.

»He, Marko. Beruhige dich«, sagte jemand. Aber erst nach einer Weile. Die anderen weinten auch.

Wir konnten nicht ewig so dasitzen. Wir brauchten einen Plan. Aber ohne Ms Jenkins gab es niemanden, der einen vorschlug. Schließlich war Rebecca die Stärkste von uns.

»Hier können wir nicht bleiben«, sagte sie. »Wir müssen zur Hütte zurück.« Sie kommandierte uns nicht herum, sie übernahm nur die Führung. »Wir müssen unsere Sachen holen.«

»Und dann?«, fragte Lisa.

»Dann gehen wir zur Polizei und erzählen ihnen alles. Aber zuerst sollten wir zu der Stelle zurückgehen, wo es passiert ist, damit wir der Polizei sagen können, was sie mit ihr gemacht haben.« Rebecca war wieder die Alte und sprach mit ruhiger, sicherer Stimme.

»Klingt gefährlich«, sagte Jonathan.

»Das sind wir ihr schuldig.«

»Und was ist, wenn sie uns in der Hütte auflauern?«, wandte ich ein.

»Das glaube ich nicht. Die haben bestimmt Panik gekriegt. Die wollen so schnell wie möglich von hier weg und ihre Spuren verwischen.«

»Ich bin ihre Spur«, rief ich ihr ins Gedächtnis.

»Da hat er allerdings recht«, sagte Jonathan.

»Was schlagt ihr denn vor?«, erwiderte Rebecca gereizt. Die alten Spannungen, nur mit neuem Hintergrund.

»Ich sage nur, dass wir vorsichtig sein müssen. Das ist alles«, erwiderte Jonathan beschwichtigend.

Und das waren wir. Wir brauchten eine halbe Stunde, um die fünfhundert Meter bis zur Hütte zurückzukriechen. Und dann schlichen wir noch eine weitere halbe Stunde um sie herum, während wir auf irgendwelche Lebenszeichen aus dem Inneren lauschten. Jonathan erklärte sich bereit, als Erster hineinzugehen und nachzusehen. Wir hatten abgemacht, dass er den Schrei einer Eule imitieren würde, wenn die Luft rein war. Das passte zwar nicht wirklich, weil es helllichter Tag war, aber uns fiel nichts Besseres ein. Am Ende war es sowieso egal, weil er stattdessen lautstark »Diese Arschlöcher!« brüllte. Wir überlegten gerade, ob das nun ebenfalls bedeutete, dass die Luft rein war, als er auf dem Balkon auftauchte.

»Wo bleibt ihr denn?«, rief er ungeduldig.

»Wir warten immer noch auf den verabredeten Eulenruf«, erwiderte Rebecca.

»Scheiß auf die Eule! Kommt lieber rein und seht euch an, was diese Arschlöcher gemacht haben.«

Sie hatten unsere Rucksäcke durchwühlt und das Essen, die Schlafsäcke und fast alle unsere Kleider mitgenommen. Der Rest lag kreuz und quer auf dem Boden verstreut.

»Jetzt sind wir echt geliefert«, sagte ich, obwohl ich genau wusste, dass uns das auch nicht weiterhalf. Keiner sagte etwas.

Wenn man sich plötzlich in einer lebensbedrohlichen Situation befindet, kämpfen im Gehirn zwei Seiten gegeneinander. Die eine Seite will nicht aufgeben, ganz egal, wie aussichtslos die Lage auch ist. Und die andere Seite resigniert. Diese beiden Seiten sind immer da und das Entscheidende ist, welche Seite gerade die stärkere ist. Wir standen wie gelähmt inmitten unserer wenigen Habseligkeiten und in diesem Moment gewann der Teil, der aufgeben wollte, die Oberhand. Wir hockten niedergeschlagen herum und unterhielten uns darüber, wie schrecklich alles war.

Doch dann geschah plötzlich etwas zwischen Jonathan und Rebecca. Wenn der eine etwas vorschlug, sagte der andere sofort etwas dagegen. Ein Machtkampf. Jonathan wollte in der Hütte bleiben. Er fand es zu gefährlich, ohne Ausrüstung loszuziehen, und glaubte, dass die Bergwacht als Erstes in der Hütte nach uns suchen würde. Aber wahrscheinlich beharrte er nur auf diesem Standpunkt, weil Rebecca unbedingt gehen wollte.

»Auf die Rettungsleute können wir uns nicht verlassen«, widersprach Rebecca. »Falls es überhaupt noch einen Rettungsdienst gibt, dann ist er wahrscheinlich vollauf damit beschäftigt, Leute aus den Trümmern zu bergen. Wenn überhaupt jemand hierherkommt, dann diese Schweine mit ihren Gewehren.«

»Ach, vorhin hast du aber noch was ganz anderes erzählt.«

»Ich hatte jetzt ja auch genug Zeit, darüber nachzudenken.«

»Aber du hattest bestimmt recht. Die haben sich längst aus dem Staub gemacht. Stell dir mal vor, wie du reagieren würdest, wenn du aus Versehen jemanden umgebracht hättest.«

»Es war nicht aus Versehen.« Dafür, dass sie nicht dabei war, klang Rebecca sehr sicher. »Das sind Mörder.«

»Und du glaubst allen Ernstes, dass wir hier weggehen können, ohne uns zu verlaufen, zu verhungern oder zu erfrieren?«, fragte Jonathan und sah sie herausfordernd an.

»Ja.«

»Dann geh doch.«

»Ihr kommt alle mit.«

»Vergiss es.«

»Du kannst nicht für die anderen sprechen.«

Ich wollte das nicht entscheiden. Und ich wollte nicht, dass sie sich stritten. Ich wollte, dass es nur eine richtige Wahl gab, die mir jemand erklärte. Rebecca tat ihr Bestes.

»Wir werden uns nicht verlaufen. Wir gehen nach Osten. Der Morgensonne entgegen. Wir müssen nur durch zwei Täler, dann haben wir es geschafft. Überlegt doch mal. Es hat auch nicht so lange gedauert hierherzukommen. Und dieses Mal müssen wir nicht einmal unsere Rucksäcke tragen. Wir brauchen maximal zwei Tage. Wir werden nicht verhungern. Wenn es sein muss, kommt man wochenlang ohne Nahrung aus. Wir brauchen nur Wasser und davon gibt es hier oben genug. Und erfrieren werden wir auch nicht. Sie haben doch die wasserdichten Hüllen hiergelassen. Jonathan, gib mir mal das blöde Messer, das du immer mit dir herumschleppst.«

»Was hast du vor? Willst du uns was zum Abendessen jagen?«

»Gib's mir einfach.« Rebecca klappte das Messer auf und nach drei sauberen Schnitten wurde aus der Hülle ein Regenumhang. »Lasst uns gehen. Was sagt ihr zwei denn dazu?«

Ich wollte ihr glauben, weil es so viel besser war, als nichts zu glauben. Außerdem hatte ich mehr Angst davor, in der Hütte zu bleiben, als davor, mich durch die Berge zu kämpfen.

»Ich finde auch, dass es klüger ist, von hier zu verschwinden.«

»Ich auch«, stimmte Lisa zu, obwohl sie nicht besonders überzeugt klang. Jonathan sah mich an wie einen Verräter.

»Na schön. Ich hab euch gewarnt«, murmelte er.

»Dann ist also alles klar?«, fragte Rebecca und blickte ihm in die Augen.

»Du bist der Boss«, erklärte er achselzuckend.

»Gut. Dann suchen wir jetzt alles zusammen, was wir irgendwie gebrauchen können, und packen es in diesen Beutel hier. Wir nehmen Lisas Rucksack. Der ist am kleinsten. Marko, bringst du uns zu der Stelle, wo es passiert ist?«

»Warum das denn?«, fragte Jonathan. »Ich dachte, du willst so schnell wie möglich von hier weg.«

»Ich will ihre Leiche finden.«

»Wozu denn? Das macht sie auch nicht wieder lebendig.« Ich glaube nicht, dass ihm klar war, was er da eigentlich sagte. Aber er begriff es spätestens, als Rebeccas Faust seine Nase traf. Es war kein harmloser warnender Hieb, sondern ein kraftvoller Schlag. Als er sich aufrichtete, blutete er aus der Nase.

»Was soll das denn schon wieder?«, fragte Jonathan und sah uns fragend an.

»Keine Witze über sie. Verstanden?«, antwortete Rebecca.

»Sie hat recht«, fügte Lisa hinzu. »Wir müssen ihre Leiche finden. Für ihre Familie.«

»Außerdem ist es ein Beweis«, sagte ich und bereute es gleich wieder.

»Na schön. Tut mir leid. Ich mach alles, was du sagst.«

Die Stimmung war angespannt, während wir die wenigen warmen Sachen und die Schokoriegel, die Jonathan in einem Strumpf versteckt hatte, zusammenpackten. In der Luft lagen die Spannungen zwischen Jonathan und Rebecca, aber vor allem Ms Jenkins, deren Namen zu erwähnen wir jetzt schon vermieden.

Ich führte sie zu der Stelle zurück und blendete alle Gefühle aus. Ich versuchte, so gleichmütig wie die Pflanzen und Bäume um mich herum zu sein. Sie konnten Schneestürme, Erdbeben, Überschwemmungen und Brände überstehen. Unterwegs blieben wir zweimal stehen, weil einer von uns dachte, er hätte jemanden gehört, aber es war jedes Mal falscher Alarm. Als wir schließlich an der Stelle anlangten, wo es passiert war, musste ich zweimal um die Biegung gehen, um ganz sicher zu sein. Die Stelle sah so unbedeutend und gewöhnlich aus, als wäre hier niemals etwas vorgefallen. Nichts von Bedeutung.

Aber es war die Stelle und es war der Baum. Jonathan entdeckte im Gras einen Stein mit getrocknetem Blut. Er lag auf seiner ausgestreckten Hand und wir starrten ihn schweigend an, ohne dass ihn jemand berührte. Schließlich ließ Jonathan den Stein wieder fallen. Und dann sah ich alles wieder vor mir: Wie Ms Jenkins noch quicklebendig war und müde und stinksauer auf diese nervigen Typen. Und dann ihr Tod, einfach so, aus dem Nichts.

»Sie haben sie irgendwo versteckt«, sagte Rebecca. Jetzt, wo wir hier waren, klang ihre Stimme plötzlich nicht mehr so selbstsicher. »Bestimmt ganz in der Nähe. Hat jemand eine Idee?«

»Da unten ist das Gestrüpp am dichtesten«, sagte ich.

»Aber da drüben wäre sie weiter weg vom Weg«, warf Lisa ein.

»Und was ist mit dem Geröll?« Jonathan deutete nach vorn. »Da würde ich sie verstecken. Dann kann man sie später wieder ausgraben und es sieht so aus, als wäre sie dadurch umgekommen.«

»Wir teilen uns auf«, sagte Rebecca. »Ruft, wenn ihr was findet.«

»Ich gehe auf keinen Fall allein«, sagte Lisa. »Ich komme mit dir.«

Wir suchten. Ich kletterte den Abhang hinunter. Ich wusste, wie wichtig es war, sie zu finden, und hoffte gleichzeitig, dass wir sie nicht fanden. Ich wusste nicht, ob ich das aushalten würde. Ich war sowieso kurz davor zusammenzubrechen. Wenig später hörte ich Rebeccas Stimme von der anderen Seite der Anhöhe. Auf dem Weg zu ihr traf ich Jonathan. Ich sah, wie er tief Luft holte und sich innerlich auf den Anblick gefasst machte.

Eigentlich dachte ich, dass es für mich am leichtesten sein würde. Ich hatte sie schon gesehen. Ich war dabei, als es geschah. Trotzdem war ich der Erste, der sich Halt suchend an einem Baum abstützte, auf die Knie sank und sich übergab. Die anderen starrten fassungslos auf den toten Körper vor ihnen. Es war, als könnten sie den Blick erst abwenden, wenn sie es wirklich begriffen hatten. Das Problem ist nur, dass man es nie wirklich begreifen kann.

Sie hatten sie in eine Mulde unter den Wurzeln eines umgestürzten Baumes geschleppt. Über der Öffnung lag ein einziger Farnwedel. Ein halbherziger, hektischer Versuch, sie zu verstecken. An ihrer Schläfe klebten Haare mit geronnenem Blut.

»Scheiße«, stöhnte Jonathan tonlos. Rebecca trat zu ihm und legte den Arm um ihn. Ich war immer noch zu schwach, um aufzustehen. Lisa stand ganz alleine da.

»Wir müssen sie woandershin bringen«, sagte sie leise. »Irgendwohin, wo sie sie nicht finden, falls sie noch mal zurückkommen. Wir könnten sie begraben und die Stelle markieren. Für später. Für die Polizei.«

Keiner widersprach.

»Und wo?«, fragte Rebecca.

»Was ist mit Jonathans Idee? Unter dem Geröll.«

»Da kann man sie später leicht finden.«

»Gut.«

Dann warteten wir und hofften, dass irgendetwas geschah, damit wir das nicht tun mussten. Aber es geschah nichts. Also warteten wir noch ein bisschen und sammelten Kraft. Irgendwann fingen wir dann an. Mit bedächtigen, behutsamen Bewegungen, so wie ein Leichenbestatter. Aber das hier war anders als das, was wir kannten. Kein Tod in würdevoller Stille. Wir waren mitten im Wald an einem steilen Abhang. Das war die grausame Wirklichkeit. Die Leiche war schwer und wir waren müde. Wir trugen sie an den Armen und Beinen, obwohl ihr Kopf auf eine unschöne Art herunterhing. Ich wollte nichts sehen, nichts riechen, nichts hören. Ich wollte nichts davon in meinen Kopf lassen, weil ich genau wusste, dass mich die Bilder nie mehr loslassen würden.

Bei der Hälfte des Anstiegs versagten meine Kräfte. Ich taumelte und würgte erneut, aber mein Magen war leer. Ich zitterte am ganzen Körper, mir war schwindlig und meine Beine gaben nach. Ich spürte das feuchte Laub an meiner Wange, während mir die Tränen herunterliefen. Das war nicht wahr. Nichts davon war wahr.

»He, Marko.« Lisa legte die Hand auf meine Schulter und hielt mich fest. »Ist ja gut.«

»Tut mir leid«, schluchzte ich. »Ich kann das nicht. Ich kann das einfach nicht.«

»Schon gut. Wir schaffen das schon.«

Also blieb ich da, die Arme um die Knie geschlungen, und versuchte, an nichts zu denken, während die anderen das taten, was getan werden musste. Ich war ein Versager. Wenn es wirklich darauf ankam, wenn wir alle gemeinsam stark sein mussten, war ich nutzlos. Ich ließ sie im Stich. Und Ms Jenkins auch.

Als ich endlich wieder aufstand und zu ihnen ging, hatten sie bereits ein flaches Grab in die lose Erde und das Geröll gegraben und waren dabei, die Leiche wieder zuzudecken. Schweigend half ich mit und konzentrierte mich auf das Gefühl der feuchten Erde an meinen Händen.

»Wir sollten etwas sagen«, presste Lisa hervor, als wir fertig waren.

»Was denn?«

»Keine Ahnung. Etwas über sie.« Ich versuchte nachzudenken, aber ich wusste sowieso, dass keine Worte kommen würden. In diesem Moment explodierte ein Schuss über uns. Erschrocken sah ich auf. Da waren sie. Alle drei. Auf dem Weg über uns, keine hundert Meter von uns entfernt. Mag sein, dass Ms Jenkins' Tod ein Unfall gewesen war. Der nächste würde es jedenfalls nicht sein.

Wir rannten los. Bergab durchs Dickicht. Rebecca an der Spitze. Sie hatte Lisas Rucksack über die Schulter geworfen und ich sah, wie er beim Laufen wild hin und her rutschte. Ich hörte das entfernte Rauschen eines Flusses und das Keuchen der anderen. Und hinter uns hörte ich die Schritte der Männer, die uns verfolgten.

15

23. April

Das ist alles, was ich noch habe: ein selbst gemachtes Seil, das ich aus den Fetzen meines zerrissenen Kopfkissens geflochten habe. Nur ein Ding. Genug, um ihn zu erwürgen. Er hat seinen Zug gemacht. Die Frage ist, wer von uns zuerst die Nerven verliert. Heute hat er mich gezwungen, Farbe zu bekennen, und mir blieb nichts anderes übrig, als ein Risiko einzugehen. Jetzt habe ich nur noch diese einzige Chance.

Heute früh kam die Schwester direkt nach dem Schichtwechsel zu mir. Auf der Station war es noch dunkel und man hörte nur die leisen Geräusche der unruhigen Schläfer. Ich hatte die Schwester noch nie zuvor gesehen. Als ich das Geräusch ihrer Schritte hörte, bin ich sofort aufgewacht. Seit fast drei Wochen habe ich nicht mehr richtig geschlafen. An der Art, wie sie eilig ins Zimmer kam, erkannte ich sofort, dass sie keine Frau war, die sich mit unnötigem Geplauder oder Lächeln aufhielt. Mit gesenktem Kopf erledigte sie konzentriert ihre Aufgaben, während sie versuchte, nicht auf die Uhr zu sehen, und an das halb bezahlte Auto und das nächste freie Wochenende dachte. Wahrscheinlich war ich ihr erster Patient an diesem Morgen und sie musste sich noch auf den vor ihr liegenden Tag einstellen. Deshalb sah sie auch nicht, wie ich vor Schreck die Augen aufriss und mir der Angstschweiß auf die Stirn trat.

Sie hatte einen Metallständer mit voller Infusionsflasche ins Zimmer gerollt. Die Nadel hatte sie bereits aus der sterilen Verpackung genommen und hielt sie mit ihren Handschuhhänden hoch. Bestimmt auf Anweisung des Arztes. Was sonst? Mein Täuschungsmanöver am Vorabend hatte ihn nicht überzeugt. Vielleicht hat er die ganze Zeit Bescheid gewusst. Ich konnte nicht feststellen, was in der Infusion war, und fragen konnte ich auch nicht. Aber ich konnte es mir denken. Bei dem Gedanken, was in dieser Flüssigkeit sein könnte, brannten mir die Augen und mein Mund wurde trocken. Ich wollte mich wehren. Ich wollte um mich schlagen. Ich wollte »Nein!« schreien. Ich fragte mich, wie lange es wohl dauern würde, bis meine Fluchtgedanken ertränkt wurden. Ich warf einen raschen Blick auf die Schwester. Was würde sie tun, wenn ich floh? Würde sie Alarm schlagen oder eher selbst die Verfolgung aufnehmen? Sie würde mir hinterherlaufen, da war ich mir sicher. Es war ihr Job, ihr Wagen, ihr Winterurlaub.

Ein Lehrer hat mir mal gesagt, dass die wichtigsten Entscheidungen im Leben in dem Moment, wenn man sie trifft, fatalerweise oft gar nicht so wichtig wirken. Bei dieser war es anders. Es ging um Leben oder Tod. So einfach, so klar, so wichtig. Und mir blieb nur eine Sekunde, um mich zu entscheiden. In meinem Kopf flog eine Münze hoch und ich sah zu, wie sie durch die Luft wirbelte. Ich würde abwarten. Ein gewaltiges Risiko, aber meine beste Chance.

Ich versuchte, die Panik hinunterzuschlucken. Die Schwester nahm meine Hand. Ich hatte das Gefühl, dass meine Hand in ihrer kalten Hand verbrannte, aber sie schien nichts zu merken. Sie tupfte die Vene auf meinem Handrücken ab und schob die erste Nadel hinein. Es war nur eine Kochsalzlösung, aber ich zuckte trotzdem zusammen. Weil ich wusste, dass die kühle Flüssigkeit dem Vollstrecker den Weg ebnete. Ich sagte mir, dass das Mittel nur tröpfchenweise in meinen Körper gelangte und deshalb langsam wirken würde. Eine verzweifelte Hoffnung, nicht mehr. Ich begann zu zählen. Zwei Minuten. Ich gab ihm zwei Minuten. Einhundertzwanzig stille Sekunden musste ich durchhalten. Mehr nicht. Ich schwor es mir. Beim Überleben geht es nur darum, seine Versprechen zu halten. Die zweite Nadel. Sie überprüfte den Beutel und ließ einen Tropfen laufen. Einen Tropfen womit? Dann verband sie ihn mit dem Schlauch und der Countdown begann.

Meine Fantasie spielte mir einen Streich. Ich fühlte mich plötzlich schwer und schwindlig. Ich war gelähmt vor Angst. Die Schwester ließ sich Zeit. Sie räumte alles so langsam weg, als hätte sie auf ihre nächste Aufgabe noch weniger Lust. Ich spürte, wie mein Fuß zu zittern begann. Ich spannte mein Bein so sehr an, dass ich das Gefühl hatte, meine Muskeln würden jeden Moment reißen, und hoffte, dass sie nichts bemerkte. Ich zählte.

Bei fünfundsiebzig überprüfte sie die Tropfgeschwindigkeit. Ich schloss die Augen. Bei fünfundachtzig hatte sie sich umgedreht. Sie ging. Bei fünfundneunzig setzte ich mich auf, riss das transparente Pflaster von meinem Handgelenk ab und zog die Nadel heraus. Dabei zählte ich immer noch weiter. Als wäre die Zahlenreihe ein Weg, der mich wieder in die Normalität zurückführen würde.

Sie hatten mir meine Kleider weggenommen, doch der alte Mr Smythe im Zimmer nebenan durfte sein ausgeblichenes Jackett tragen. Es hing an der Stuhllehne neben seinem Bett und roch nach Haaröl, Schuppen und einem Leben, in dem nichts mehr wichtig ist. Ich schlüpfte hastig in die Jacke und ging noch mal zu meinem Bett zurück, um mir das Kopfkissenseil zu holen. Ich hätte für immer von hier verschwinden können. Besiegt, aber am Leben. Doch das ging nicht. Auch das habe ich mir geschworen. Ich kann nicht mein Leben lang immer versagen, wenn es darauf ankommt.

Zum Glück war die Schwester so früh am Morgen zu mir gekommen. Auf der Station war es noch dunkel und still und es war leicht, sich davonzuschleichen. Ich ging zielstrebig in den Heizungsraum, wo ich mich hinsetzen und über die neue Lage nachdenken wollte. Und darüber, was ich als Nächstes tun würde. Das war das Schwerste. Hier zu sitzen und zu wissen, wie einfach es wäre, einfach wegzugehen. Zurückzukehren zu den Menschen, an die ich nicht denken will, weil es so wehtut. Wenn ich die Gesichter von Mum und Duncan und den anderen in meinen Kopf ließe, hätte sich meine Entschlossenheit längst in Luft aufgelöst. In Gedanken rechtfertigte ich meine Schwäche und stellte mir völlig unrealistische Ausgänge vor.

Ich stellte mir vor, wie ich zur Polizei ging und ihnen alles erzählte. In meiner Version hörten sie mir zu, notierten sich alles und dann führte ich sie zu dem Arzt, der verzweifelt um Vergebung bettelte, als sie ihn abführten. Doch dann wurde mir klar, wie es in Wirklichkeit für sie aussehen würde: ein entflohener Psychiatriepatient, dessen verwirrten Zustand sämtliche Schwestern und Pfleger auf der Station bestätigen würden. Und der Arzt, der alles andere als dumm ist und genügend Zeit hätte, um seine Spuren zu verwischen. Er hätte eine wohlüberlegte Antwort auf jede Frage, die sie ihm stellen könnten. Und ich bin der einzige

Zeuge. Der Einzige, der sein Gesicht gesehen hat. Und selbst wenn ich Glück hätte und jemanden fände, der mir trotz allem glauben würde, oder wenn der Arzt irgendwo einen Fehler beginge: Was dann? Monatelange Gerichtsverhandlungen, Fragen, Zweifel. Außerdem Berufungen und dumme Geschworene, die Angst vor einer eigenen Meinung haben. Und am Ende? Eine bequeme Strafe in einem bequemen Gefängnis mit vorzeitiger Entlassung wegen guter Führung.

Deshalb wusste ich selbst in meinen schwächsten Momenten, allein in diesem kalten Raum, mit nichts als diesem Buch, dass ich mein Versprechen halten muss. Für Ms Jenkins. Für die anderen. Für mich. Nur dieses eine Mal muss ich etwas richtig machen. Etwas, das von Bedeutung ist. Ich muss hierbleiben. Ich muss ihn verfolgen, so wie er uns verfolgt hat. Gerade als ich das beschlossen hatte und meine Gedanken auf die Planung des nächsten Schritts richten wollte, ging die Tür auf.

Ich sprang auf und kippte vor Schreck den Stuhl um.

»Ganz schön schreckhaft«, sagte Andrew lächelnd und betrat langsam den Raum, ohne mich aus den Augen zu lassen. Dann schloss er leise die Tür.

»Redest du jetzt?«, fragte er beiläufig. Er hob den Stuhl auf und setzte sich. Ich mag Andrew, obwohl ich versucht habe, es nicht zu tun. Er überstürzt die Dinge nicht, sondern geht sie behutsam an. Er strahlt eine Ruhe aus, in die man sich schützend zurückziehen möchte.

»Alle suchen nach dir, weißt du das? Sie haben die Polizei gerufen. Sie haben Angst, dass du ohne deine Medikamente gefährlich sein könntest. Was denkst du darüber?«

Ich dachte viele Dinge, aber ich behielt sie für mich.

»Wenn du hierbleibst, werden sie dich bald finden. Die Wartungsleute kommen jeden zweiten Tag hierher. Heute Nachmittag kommen sie wieder. Wenn du abhauen willst, dann musst du es bald tun.«

Ich hörte ihm aufmerksam zu und versuchte, die Dinge zu hören, die er nicht sagte. Zum Beispiel, was er hier machte und warum er sich so sicher war, dass ich ihn verstehen konnte. Ich starrte ihn an und versuchte, Zeit zu gewinnen. Ich konnte ihn angreifen oder ihm vertrauen. Das waren die einzigen beiden Möglichkeiten und ich war noch nicht bereit, mich zu entscheiden.

»Was hat dir denn solche Angst gemacht?«

Ich schwieg.

»Ich habe gehört, sie hätten dir eine Infusion gegeben, weil du Anzeichen von Dehydrierung gezeigt hast. Vor Wasser muss man eigentlich keine Angst haben. Hast du vielleicht gedacht, es wäre was anderes?« Er beugte sich zu mir vor, als erwartete er, dass ich die Antwort flüsterte.

»Was muss eigentlich passieren, damit du den Mund aufmachst?«

Mehr Informationen, wollte ich sagen. Irgendetwas, das mir sagt, dass ich dir vertrauen kann.

»Keine Angst, ich werde dich nicht zwingen zurückzugehen, wenn du nicht willst.«

Dann redete ich. Nicht weil ich es wollte oder beschlossen hatte, ihm zu vertrauen. Sondern weil es keine andere Möglichkeit mehr gab.

»Du musst mich verstecken.« Die Worte kamen nur mühsam heraus. Wie bei einem Motor, der an einem kalten Wintermorgen nur zögernd anspringt. Er verstand mich trotzdem. Seine Augen leuchteten auf und sein Lächeln wurde breiter.

»Und warum?«, fragte er.

Ich antwortete nicht.

»Komm schon. Wer bist du? Was ist passiert? Ich bin nur neugierig. Du erzählst es mir und ich helfe dir dafür. Abgemacht?«

Ich schüttelte den Kopf. Der Preis war zu hoch.

»Weißt du überhaupt, wo du bist?«

»Natürlich.« Dieses Mal hörte sich meine Stimme schon eher wie meine eigene an. »Im Krankenhaus. In Palmerston North.«

»Sehr gut. Station 10, wenn du's genau wissen willst.« Er beugte sich vor, als wollte er mir ein Geheimnis anvertrauen. »Das Krankenhaus konnte nicht fertiggestellt werden, weil ihnen das Geld ausging. Aber nach dem Erdbeben brauchte man dringend mehr Notfall-Einrichtungen. Weil die Aufzüge nicht funktionieren, haben sie die Psychiatrie hierher verlegt. Im Moment sind die Betten so knapp, dass sie jeden entlassen, der halbwegs gesund ist. Nur dich nicht. Warum nicht? Hat dich mal jemand besucht? Ich hab jedenfalls keinen gesehen. Warst du in der Stadt, als es passiert ist?«

Ich schüttelte den Kopf. »Versteck mich einfach.«

»Warum?«

»Das geht dich nichts an.«

»Dann kann ich dir leider nicht helfen.«

Es war zu viel. Jetzt, wo ich wieder redete, fiel es mir schwer, mich zu beherrschen. Meine Wut brach aus mir heraus. Ich riss ihn vom Stuhl hoch und drückte ihn gegen die Wand. Er war leicht und wehrte sich kaum. Die unbändige Wut in mir verlieh mir außergewöhnliche Kräfte. Genug Kraft, um ihn zu vernichten, wenn es sein musste. Ich hielt ihn fest und versuchte, einen klaren Gedanken zu fassen.

»Ich kann dir nichts sagen, aber ich brauche deine Hilfe.« Ich sprach betont langsam, als hätten die Worte dann mehr Gewicht. »Ich muss an einen Ort, wo niemand nach mir sucht. Nur für eine Nacht. Das ist alles. Bitte!«

Ich ließ ihn los, trat aber nicht zurück. Ich wartete auf seine Antwort. Er atmete langsam aus.

»Du bist wirklich ein komischer Kauz«, sagte er leise. »Und glaub mir, ich habe schon einige Verrückte gesehen. Na schön. Komm mit.«

Keine Abmachungen, keine Fragen mehr. Er lenkte einfach nur ein und führte mich zu dem neuen Ort, an dem ich jetzt sitze. Es ist wieder ein kleiner Raum, dieses Mal in einem halb fertigen Teil des Krankenhauses. Die unverputzten Wände sind mit Gipskartonplatten verkleidet. Hinter einer Wand gibt es sogar eine Nische, in der ich mich notfalls verstecken kann, wenn jemand kommt. Zum Glück habe ich hier Strom, denn der Raum hat keine Fenster. Andrew ist vor etwa einer halben Stunde weggegangen. Er hat versprochen, mir später etwas zu essen und zu trinken zu bringen. Wahrscheinlich ist die Geschichte mit mir für ihn eine willkommene Abwechslung zwischen all dem Saubermachen und Bettpfannenleeren. Hoffentlich lässt er sich nichts anmerken.

Allmählich schöpfe ich wieder Hoffnung. Zum ersten Mal, seit ich hier bin, hat mich der Arzt aus den Augen verloren. Es gefällt ihm bestimmt ganz und gar nicht, dass *ich* plötzlich wieder die Oberhand habe. Später werde ich mich rausschleichen und nachsehen, wo genau ich bin. Ich werde mir einen Beobachtungsplatz suchen. Wenn der Arzt heute Abend Dienst hat, ist er tot.

16

Wenn man verfolgt wird, will man einfach nur so schnell wie möglich weglaufen. Aber das ist dumm, wenn man mitten im Wald ist. Während wir in panischer Angst bergab rannten, wurde es immer steiler. Unsere Füße verfingen sich im Gestrüpp und wir stolperten über Baumwurzeln und lose Steine. Unsere Verfolger hatten es leichter. Sie hatten weniger Angst als wir und mittlerweile gelernt, ihr Lauftempo zu drosseln und den Geräuschen unserer Schritte zu folgen. Sie hätten uns bestimmt erwischt, wenn Rebecca nicht plötzlich beschlossen hätte, sich zu verstecken.

Sie blieb unvermittelt stehen und drehte sich mit dem Finger auf den Lippen zu uns um. Dann bog sie seitlich in die moosbewachsene Felslandschaft voller umgestürzter Bäume ab. Hinter einem Dickicht aus Blättern und Zweigen entdeckte sie einen Hohlraum und schlüpfte hinein. Jonathan, Lisa und ich folgten ihr. Da ich der Letzte war, konnte ich mir lebhaft vorstellen, welch schöne Zielscheibe ich von hinten abgab, und rechnete jede Sekunde damit, den brennenden Schmerz einer Gewehrkugel in meinem Rücken zu spüren. Zum Glück hatten wir einen ordentlichen Vorsprung und ich zwängte mich zu den anderen in die

Blätterhöhle, während sich unsere Verfolger durch das Gebüsch weit über uns kämpften. Es war ein ausgezeichnetes Versteck – für zwei Personen. Vier waren definitiv zu viel. Wir waren so dicht aneinandergepresst, dass ich das Pochen eines fremden Herzens in meinem Körper spürte. Ein kleines Stück meines Rückens ragte noch immer aus dem Versteck, aber es war unmöglich, mich noch weiter hineinzuzwängen. Es war furchtbar heiß und stickig und es roch nach Erde und nassem Laub. Ich spürte, wie mir ein Käfer über den Kopf krabbelte, konnte mich aber nicht bewegen. Im Halbdunkel des Gebüschs und der unübersichtlichen Landschaft standen unsere Chancen gut, dass sie uns nicht finden würden.

Sie rannten an uns vorbei. Nach dem Geräusch ihrer Schritte zu urteilen, hatten sie sich etwas verteilt. Eine Minute später dämmerte ihnen plötzlich, was los war.

»Wohin sind sie?«, rief einer von weiter unten. »Seht ihr sie irgendwo?«

»Nein. Vielleicht sind sie weiter runter.«

»Von wegen! Die Gören sind irgendwo abgetaucht. Seht euch mal um.«

»Zu dumm, dass ich den Hund nicht dabeihabe. Der hätte sie sofort aufgespürt.«

»Haltet lieber mal die Klappe. Bei eurem Gequassel hören wir sie nie.« Wie auf Kommando hielten wir alle gleichzeitig die Luft an. Der Druck war kaum noch auszuhalten. Plötzlich spürte ich den unwiderstehlichen Drang, laut loszulachen. Als spielten wir mit unseren Kumpels Verstecken. Und noch jemand bebte, vermutlich Jonathan. Diese Typen wollten uns umbringen und wir mussten uns beherrschen, um nicht loszuprusten. Ich war einfach nicht zum Helden geboren.

Sie gingen weiter auseinander und kamen langsam den Hang wieder hoch. Da sie nur zu dritt waren, konnten sie das Gebiet unmöglich lückenlos durchkämmen. Ich hörte, wie sie auf gut Glück mit den Schuhspitzen gegen Büsche und Äste traten. Einer von ihnen hätte uns beinahe entdeckt. Sein Fuß kam meiner Nase so gefährlich nahe, dass ich ihn riechen konnte. Lisa zerquetschte beinahe meine Hand. Ich hatte nicht einmal gemerkt, dass sie meine Hand hielt. Ich drückte zurück und der Fuß ging weiter zum nächsten Gebüsch. Wir hörten, wie sie sich langsam entfernten. Nach einer Weile machte Jonathan Anstalten aufzustehen.

»Noch nicht!«, zischte Rebecca.

»Aber ich hab einen Wadenkrampf!«, erwiderte er.

»Dann massier ihn mit den Händen.«

»Verdammte Scheiße!« Gehorsam kauerte er sich wieder zu uns.

»Wann können wir hier raus?«, fragte Lisa leise.

»Sobald es dunkel ist.«

Das waren noch zwei weitere Stunden, unterbrochen vom regelmäßigen Aufleuchten von Lisas Uhr. Irgendwann bekam ich auch einen Krampf. Als es endlich dunkel war, konnte ich vor Schmerzen kaum aufstehen. Jonathan ging zielstrebig den Abhang hinunter.

»Wo willst du hin?«, fragte Rebecca streng.

»Ich muss mal, Mama. Oder hast du was dagegen? Ich gehe mal nicht davon aus, dass jemand an Klopapier gedacht hat.«

»Das hab ich wohl bei meinem Föhn liegen lassen.«

»Dann muss es eben mit Laub gehen.« Und weg war er.

»Also, eigentlich …«, murmelte Lisa.

»Ich auch«, erklärte Rebecca grinsend. Wir verschwanden alle in verschiedene Richtungen. Aber keiner ging allzu weit weg. In diesem Moment hatten wir wirklich andere Sorgen, als unsere Intimsphäre zu wahren. Wahrscheinlich gibt es angenehmere Erfahrungen, um das Gruppengefühl zu stärken, aber es funktionierte jedenfalls.

»Glatte oder stachlige Blätter?«, fragte Jonathan, als ich als Letzter zurückkam. Es tat gut, immer noch lächeln zu können.

»Und was machen wir jetzt?«, fragte ich.

»Ich glaube, die hätten uns umgebracht, wenn sie uns erwischt hätten«, sagte Rebecca. »Wir müssen wahnsinnig vorsichtig sein.«

»Meinst du, sie haben Ms Jenkins gefunden?«

»Keine Ahnung.«

»Wir bleiben immer noch bei unserem Vorhaben«, erklärte Rebecca. »Raus aus den Bergen und direkt zur Polizei.«

Jonathan nickte. »Genau. Und jetzt suchen wir uns einen Platz zum Schlafen. Von der Stelle neben dem umgestürzten Baumstamm rate ich allerdings stark ab.«

»Nein, wir gehen weiter«, widersprach Rebecca, als ich gerade dachte, dass sie sich endlich einig wären.

»Wie bitte?«

»Wenn wir nachts gehen und tagsüber schlafen, haben sie keine Chance, uns zu sehen.«

»Aber dann haben wir auch keine Chance, hier wieder rauszukommen. Was ist mit den Erdrutschen? Und einen Kompass haben wir auch nicht. Außerdem sind wir alle völlig am Ende. Schlechter Vorschlag, Rebecca. Sehr schlechter Vorschlag.«

»Muss ich dich wieder schlagen?«

»Dieses Mal bin ich darauf vorbereitet.«

Rebecca drehte sich zu mir und Lisa um. Trotz der Dunkelheit konnte ich sehen, wie erschöpft sie war, und sie tat mir leid.

»Kommt schon, ihr beiden. Der Mond scheint. Es wird schon nicht so schlimm werden. Denkt nicht daran, was bequemer wäre. Denkt daran, dass ihr am Leben bleiben wollt.«

»Ich komme mit«, sagte ich.

»Du wirst weich«, sagte Jonathan bitter.

»Lisa?«

»Na gut. Aber nur, wenn wir ganz nah beieinanderbleiben. Und viele Pausen machen.«

»Einverstanden.« Rebecca schulterte den Rucksack. »Ich glaube, wir sollten auf dieser Höhe weitergehen und dann über den Kamm an Hell's Gate vorbei. Unterhalb des Mount Marchant gibt es noch einen anderen Weg. Der wird zwar nicht mehr offiziell gepflegt, aber ich war da mal mit meinem Vater. Er führt zum Fluss runter. Dort können wir uns abseits des Weges einen Platz zum Schlafen suchen. Wir werden nachts zwar nur langsam vorankommen, aber wir können es trotzdem schaffen.«

»Und was ist, wenn der Fluss aufgestaut ist?«

»Dann sehen wir weiter.«

Nachts zu wandern ist anstrengend und gefährlich. Und nachts ohne Taschenlampen, Karte, Kompass und Weg in einer vom Erdbeben verwüsteten Gegend zu wandern ist noch viel gefährlicher. Vor lauter Angst blieben wir so dicht beieinander, dass wir ständig übereinanderstolperten. Ich tastete mich mit ausgestreckten Armen voran, um mein Gesicht vor Ästen zu schützen, und taumelte orientierungslos durch die Dunkelheit. Wir kamen zwar nur sehr langsam voran, aber wir kamen voran. Ich habe keine Ahnung, wie Rebecca es schaffte, nicht die Orientierung zu verlieren. Ich hatte das Gefühl, im Zickzack zu laufen, und wusste irgendwann nicht einmal mehr, wo oben und unten ist. Den ersten Erdrutsch bemerkten wir erst, als wir mittendrin waren. Wir waren schon mehrere Abhänge hinuntergeschlittert, aber bei diesem war es anders. Als wir wieder aufstehen und weitergehen wollten, sanken wir mit den Füßen in lose Erde ein.

»Das ist ein Erdrutsch, oder?«, fragte Lisa ängstlich.

»Ja, und das ist ziemlich dämlich von uns«, antwortete Jonathan an Rebeccas Stelle. Rebecca schwieg. Sie ging einfach weiter und wir folgten ihr. Ich fragte mich, ob Jonathan recht hatte. Vielleicht war das wirklich die falsche Entscheidung.

»Wie viel Uhr ist es?«, fragte Rebecca, als der Boden endlich wieder flacher wurde. Wir waren noch an einen zweiten großen Erdrutsch gekommen und darübergeklettert. Ich hatte das Gefühl, schon seit einer Ewigkeit durch die Finsternis zu irren.

»Halb eins.«

»Das heißt, wir sind jetzt seit ungefähr sechs Stunden unterwegs. Bis es hell wird, sind es mindestens noch vier. Ich glaube, wir sind jetzt am Mount Marchant und zum Kamm geht es da lang.« Wahrscheinlich zeigte sie in die entsprechende Richtung. Ich tat nicht einmal so, als versuchte ich, etwas zu erkennen. Ich wusste, dass sie sowieso nur raten konnte. Hoffentlich war sie gut im Raten. »Wir kommen heute Nacht noch bis zum Fluss. Und dann ist es nur noch ein Nachtmarsch und wir haben es geschafft. Wie sieht's denn im Moment bei euch aus?«

»Verkraftest du die ganze Wahrheit?«, fragte Lisa.

»Beschränk dich auf das Wichtigste.«

»Mir zittern die Beine. Wahrscheinlich werde ich bald ohnmächtig.«

»Ich hab wahnsinnigen Durst«, sagte Jonathan.

»Marko?«

»Ich hab Kopfweh und Hunger. Aber gleichzeitig ist mir auch schlecht. Meine Füße tun weh. Das Übliche.«

»Aber ihr schafft das nächste Stück noch?«

Ich dachte daran, wie sehr ich mich danach sehnte, mich hinzulegen und zu schlafen. Aber das wollte sie nicht hören. »Ja, es geht schon.«

»Von mir aus«, stieß Jonathan hervor. Ich glaube nicht, dass er jetzt noch scharf darauf war, Rebeccas Führungsrolle zu übernehmen.

»Weiter geht's«, sagte Lisa und versuchte, optimistisch zu klingen. »Aber wehe, einer von euch weckt mich, falls ich versehentlich einschlafe und meine Füße weitergehen.«

Ich frage mich, warum es Leuten wie Mr Camden Spaß macht, wandern zu gehen. Beim Wandern ist sogar der Abstieg anstrengend. Es tut nur woanders weh als beim Aufstieg. Rebecca behauptete steif und fest, dass wir einem Weg folgten. Doch das Gelände war steiler als jeder Weg, den ich jemals gegangen war. Anfangs tasteten wir uns vorsichtig abwärts und versuchten, möglichst aufrecht zu gehen. Doch dann siegte irgendwann die Schwerkraft. Wir schlitterten auf unseren Hintern bergab und hielten uns an Wurzeln und Zweigen fest, um die Bewegung zu steuern. Plötzlich erschien alles weit weg und unwirklich: die Müdigkeit, der Hunger und die Angst. Wir orientierten uns am Gelächter der anderen, klammerten uns zum Anhalten an Baumstämmen fest oder rutschten zu einem anderen, in der Hoffnung, dass dieser einen festen Halt bot. Es war wie mit dem Wind auf dem Bull Mound: Aus der Gefahr wurde für kurze Zeit Spaß, während wir die losen Steine, steilen Abhänge und Bruchkanten ausblendeten, die wir im Dunkeln nicht sahen. Wir machten uns nicht einmal Sorgen, wie weit man unsere Stimmen hören konnte. Wir hatten uns schon viel zu viele Sorgen gemacht. Ich hatte nur noch Energie für Bewegung und Spaß.

Nur für Rebecca war es anders. Sie trug immer noch die Verantwortung und musste überlegen, wohin wir gingen. Eigentlich ist es ein Wunder, dass wir so lange vorankamen, ohne dass einem von uns etwas zustieß. Das hatten wir ihr zu verdanken. Wir waren dicht beieinander, als es passierte. So nah, dass wir sehen konnten, wie sie abrupt hinter einer Felskante verschwand, die so plötzlich in der Dunkelheit aufgetaucht war, dass wir gerade noch abbremsen konnten. Es war kein extrem steiler Abhang, aber er war steil genug, um den Halt zu verlieren. Wir hörten, wie sie laut fluchend durchs Gebüsch rutschte. Dann war es plötzlich vollkommen still.

»He, Rebecca, alles okay mit dir?«, rief Jonathan durch die Dunkelheit.

Keine Antwort. Lisa ging voraus und tastete sich nach links, bis es flacher wurde. Wir riefen immer wieder Rebeccas Namen, während wir langsam nach unten gingen.

»Hier bin ich«, rief sie endlich, als wir beinahe auf sie drauftraten. Sie saß auf dem Boden und hatte den Kopf zwischen den Knien vergraben. Wir standen hilflos um sie herum.

»Bist du verletzt?«, fragte ich. Mehr Erste-Hilfe-Kenntnisse hatte ich nicht. Sie hob den Kopf und sah mich an. Ich konnte ihr Gesicht kaum erkennen, aber ich konnte mir vorstellen, wie erschöpft sie aussah.

»Nein. Ich bin nur so verdammt müde«, flüsterte sie. Lisa kniete sich neben sie und legte ihr den Arm um die Schultern.

»Ja, aber du machst das verdammt gut. Ohne dich wären wir verloren«, sagte Lisa. Ich ging auf die andere Seite und setzte mich zu ihnen.

»Und was ist mit mir?«, fragte Jonathan halb im Spaß und halb im Ernst.

»Für dich ist auch noch Platz.«

»Schon gut.« Er trat einen Schritt zurück und zauberte von irgendwo eine Zigarette und ein Feuerzeug hervor. Wir saßen schweigend da und sahen zu, wie die Spitze bei jedem Zug aufglühte. Als er zu Ende geraucht hatte, schnippte er den Stummel auf den Boden und ich zuckte zusammen, als wäre ich vor dem Fernseher eingedöst und der Bildschirm plötzlich schwarz.

»Wie wär's, wenn wir hier übernachten würden?«, schlug Jonathan vor.

»Nein.« Rebecca schüttelte den Kopf. »Wir müssen runter zum Wasser. Bis zum Fluss ist es nicht mehr weit. Ich kann ihn schon hören.«

Ich lauschte angestrengt. Aber ich hörte nur das leise Rauschen des Windes in den Bäumen.

»Ist es dir lieber, wenn eine Weile jemand anders vorausgeht?«, fragte Lisa.

»Nein, nein. Ich hab mich nur gehen lassen. Kommt schon.« Sie stand auf und wir taten es ihr nach.

»Kleinen Moment noch«, sagte Jonathan. Er ging zwei Schritte zum nächsten Baum, stützte sich mit der Hand am Stamm ab und übergab sich. Keiner von uns fragte ihn, wie es ihm ging, als er fertig war. Wir wussten alle ganz genau, wie er sich fühlte: unter Schock, erschöpft, übermüdet und ausgehungert.

Es dauerte noch zwei Stunden, bis wir das Wasser erreichten. Unterwegs stießen wir immer wieder auf Erdrutsche, sodass wir mehrfach einen neuen Weg suchen mussten. Das Wasser war in helles Mondlicht getaucht. Nach der Finsternis im Dickicht kam es uns vor, als würden wir am helllichten Tag spazieren gehen. Wir sahen uns an und versuchten, unsere Erschöpfung mit einem Lächeln zu kaschieren. Keiner war bereit, die nächste Enttäuschung beim Namen zu nennen. Der Wasserlauf, auf den wir gestoßen waren, war eher ein Bach als ein Fluss. Der Tauherenikau River war es definitiv nicht. Wir hatten uns verlaufen.

»Tut mir leid«, sagte Rebecca. Mehr brauchte sie nicht zu sagen.

»Macht nichts.« Wir waren so müde, dass nichts mehr wichtig war.

»Lasst uns einfach was trinken und – einen Platz suchen, wo wir uns hinlegen können.«

Ich trank aus meinen Händen. Das Wasser fühlte sich in meinem Magen angenehm schwer an. Aber natürlich machte es nicht satt. Ich versuchte, nicht darüber nachzudenken, wie groß mein Hunger wurde.

Wir fanden eine geeignete Stelle zum Schlafen. Es war nur eine kleine Fläche, aber immerhin war sie einigermaßen flach und mit Grasbüscheln bewachsen. Lisa breitete unsere aufgeschnittenen wasserdichten Hüllen auf dem Boden aus und rollte sich in einer Ecke zusammen.

»Einer von uns muss Wache halten«, sagte Rebecca.

»Ich kann nicht. Ich schlafe schon«, antwortete Jonathan und ließ sich neben Lisa auf den Boden fallen.

»Muss das wirklich sein?«, fragte ich.

»Jeder drei Stunden.«

Ich wusste, wie erschöpft sie sein musste. Schließlich hatte sie die ganze Zeit die Führung übernommen. Außerdem war ich es ihnen schuldig, nachdem ich vorhin so versagt hatte. »Na gut. Wen soll ich als Nächstes wecken?«

»Danke, Marko.« Sie streckte die Hand aus und berührte meinen Unterarm. Am liebsten hätte ich mich an ihr festgeklammert und geweint. »Ich übernehme dann die nächste Schicht.«

»Ist gut.«

Ich sah zu, wie sie sich zu den anderen legte. Die Fläche reichte gerade für die drei. Lisa lag in Embryohaltung am Rand. Jonathan lag in der Mitte auf dem Rücken und Rebecca auf der anderen Seite, den Kopf auf seiner Schulter. Sie schliefen schon. Der Anblick, wie die drei im Morgengrauen schlafend nebeneinanderlagen, berührte mich so sehr, dass ich am liebsten ein Foto davon gemacht hätte, um ihn nie mehr zu vergessen. In diesem Moment liebte ich sie alle drei. Und dieses Gefühl war beinahe zu viel für mich.

Ich hatte keine Ahnung, wie ich es schaffen sollte, mich noch drei Stunden wach zu halten. Wir befanden uns auf einem Vorsprung über dem Bach mit einem Steilhang über uns. Ich musste also nur den Abschnitt am Wasser unter uns im Auge behalten. Ich kauerte auf einem abgebrochenen Ast und versuchte, mir alles genau anzusehen. Zum Beispiel das exakte Muster eines Farnwedels vor mir. Ich lauschte auf die Geräusche des Bachs und versuchte, mir vorzustellen, wie er an verschiedenen Stellen aussah. Wie er leise durch das seichte Bachbett plätscherte, sich in breiten Becken sammelte und kleine Wasserfälle hinunterfloss. Doch meine Gedanken schweiften immer wieder ab. Mein Kopf sehnte sich danach, hinter geschlossenen Lidern endlich abzuschalten. Ich versuchte, aufzustehen und auf und ab zu gehen, aber ich war zu schwach und außerdem war sowieso kein Platz.

Schließlich griff ich auf die einzige Möglichkeit zurück, die mir noch einfiel, mich vom Schlafen abzuhalten: Ich zerrte die Bilder aus meinem Unterbewusstsein hervor, die mein Verstand verzweifelt verdrängt hatte. Ms Jenkins' letzte Momente und wie wir später ihre Leiche fanden. Und all die Gedanken, die mit diesen

Bildern verbunden waren. Wie ich kläglich versagt und zweimal alle im Stich gelassen hatte. Ich dachte an all die Dinge, die ich hätte sagen oder tun können, anstatt mich zu verstecken und stumm zuzusehen. Was für ein Feigling ich war, dass ich es nicht einmal geschafft hatte, sie mit den anderen wegzutragen! Es zerriss mir die Seele, aber es hielt mich wach.

Dann entdeckte ich etwas Neues. Etwas, was den Schmerz linderte. Ich stellte mir vor, was ich tun würde, wenn ich diesen Mann jemals wiedersähe. Ich kannte zwar nur seine Stimme, aber ich hatte eine Vorstellung von ihm, die genügte, um mir in Gedanken verschiedene Racheszenarien auszumalen. Ein Szenario grausamer als das andere und mit jedem düsteren Bild wurde meine Last ein bisschen leichter.

17

Immer noch 23. April

Mein Raum ist fünf Schritt lang und vier Schritt breit. Fast ein Quadrat. Inzwischen habe ich herausgefunden, dass die Wände hinter den Gipskartonplatten aus massivem Beton sind. Es sollte wohl eine Art Schutzraum oder Tresor werden. Jetzt wird es mein Grab.

Ich bin hier, um zu sterben. So einfach ist das. Ich war so dumm. Falls irgendjemand diese Notizen jemals findet, hat er es vielleicht längst vermutet. Nur mir war es nicht klar. Weil ich zu vertrauensselig oder zu verzweifelt war. Ich bin überhaupt nicht auf die Idee gekommen. Ich hatte keine Ahnung, wie naiv ich noch immer bin und wie leicht es für sie gewesen sein muss, mich reinzulegen.

Man könnte fast darüber lachen, wenn es nicht so schrecklich wäre. Die ganze Zeit habe ich geschwiegen und gedacht, ich könnte das perfekte Verbrechen planen. Dabei war das perfekte Verbrechen längst geplant. Wenn sie mich finden, wird alles ganz einfach aussehen: Ein Patient mit falschem Namen, den eine Naturkatastrophe aus der Bahn geworfen hat, samt sorgfältig aufgezeichneter Diagnose. Der aus unerfindlichen Gründen abgehauen ist und zusammengekrümmt in einem leer stehenden Gebäudeteil aufgefunden wird. Wenn ich tot bin, braucht der Arzt nur noch schnell zurückzukommen und die Tür wieder aufzuschließen. Das ist alles. Dann wird die Situation ganz klar erscheinen. Ein verrückter Junge, der in seinem kranken Kopf beschlossen hat, freiwillig zu verhungern. Kein Kratzer an meinem Körper. Kein einziges Indiz. Ganz abgesehen davon, dass sie sowieso keinen Verdacht schöpfen und deshalb nicht groß nachfragen werden. Der Arzt ist schlauer als ich. Der Arzt hat gewonnen.

Ich war so stolz darauf, wie ich mit Andrew umgegangen war und ihn zum Schweigen gezwungen hatte. Wie ich ihn dazu gebracht hatte, mich hierher zu führen, und das Notizbuch und den Stift unter meinem Schlafanzug verborgen hatte, ohne dass er es merkte. Aber er hat mich reingelegt. Ohne eine Miene zu verziehen. Er ist einer von ihnen, da bin ich mir jetzt ganz sicher. Es passt alles zusammen. Er hat mich die ganze Zeit beobachtet und dafür hasse ich ihn. Aber noch mehr hasse ich mich. Mein dummes, schwaches, feiges Ich.

Eigentlich ist es sinnlos, dass ich überhaupt noch etwas aufschreibe. Was soll ich noch sagen? Ich könnte aufschreiben, wie wütend und frustriert ich bin. Und wie die Angst langsam in mir hochkriecht und alles andere erstickt. Eigentlich sollte ich schreiben: »Ich will nicht sterben.« Ich könnte es auf die Wände kritzeln, damit sie noch ein letztes Problem haben, das sie lösen müssen. Ich will nicht sterben. Ich bin erst siebzehn und habe alles falsch gemacht. Vielleicht habe ich aus meinen Fehlern gelernt, aber das nützt mir jetzt auch nichts mehr. Wenn ich alle Dinge aufzählen würde, die ich noch nie gemacht habe, wäre ich tot, ehe ich damit fertig wäre. Ich hatte noch nie Sex. Ich war noch nie auf einem anderen Kontinent. Ich war noch nie verliebt. Ich habe mich noch nie mutig oder sicher gefühlt. Ich habe noch nie einen Platz gefunden, an den ich gehöre …

Das ist sinnlos. Pure Zeitverschwendung. Wie lange kann man ohne Wasser überleben? Wahrscheinlich nur ein paar Tage. Der Arzt weiß das bestimmt. Ich habe keine Uhr. Ich kann nur schätzen, wie lange ich schon hier drin bin. Ich habe ziemlich lange geschrieben, drei Stunden vielleicht. Dann habe ich mich ausgeruht und auf Andrew gewartet. Dann wollte ich mich rausschleichen und mich ein bisschen umsehen. Und da habe ich erst gemerkt, dass die Tür verschlossen ist.

Im ersten Moment hatte ich nicht mal Angst. Ich dachte, er wollte nur auf Nummer sicher gehen und würde bestimmt bald wiederkommen. Und falls er aus irgendeinem Grund nicht kommen konnte, konnte ich immer noch ausbrechen. Also habe ich mich genauer umgesehen. Ich entdeckte den kalten Beton hinter den Gipskartonplatten und mir fiel auf, wie dick die Tür war. Plötzlich dämmerte mir, dass Andrew diesen Raum ganz gezielt ausgewählt hatte. Dann bekam ich Panik.

Ich habe aber nicht nur herumgesessen. Ich habe nicht einfach aufgegeben. Mit einem Metallknopf meines Jacketts habe ich versucht, den Beton abzukratzen. Aber wahrscheinlich würde es Jahre dauern, um eine Platte zu lösen. Ich bin zur Decke hochgesprungen und habe schreiend gegen die Tür gehämmert. Ich habe sogar überlegt, ob ich mit dem Kopf gegen die Wand rennen sollte, bis ich ohnmächtig würde. Damit das Warten ein Ende hat. Aber selbst dafür war ich zu feige.

Dann habe ich mich hingesetzt und angestrengt nachgedacht. Ich habe nach der einfachen Lösung gesucht, die sie in Filmen immer finden. Nach dem raffinierten Ausweg, der so offensichtlich ist, dass ich nicht auf ihn komme. Ich saß da und dachte nach, aber mir fiel einfach nichts ein.

Jetzt schreibe ich wieder, weil es das Einzige ist, was mir noch bleibt. Es ist immer noch besser, als nicht zu schreiben, weil es mich von meiner Angst ablenkt. Ich bin meine Geschichte und ich werde meine Geschichte am Leben halten. Ich werde nicht schlafen. Ich werde alles aufschreiben. Ich will nicht sterben.

18

Die nächsten drei Schichten verschlief ich, und als ich aufwachte, fühlte ich mich wie gerädert. Mir taten alle Knochen weh und ich war schrecklich hungrig. Es war schon ziemlich dunkel und Rebecca schärfte uns ein, bloß leise zu sein, während wir einer nach dem anderen zum Bach hinuntergingen und etwas tranken. Dieses Mal widersprach Jonathan ihr nicht. Während ich schlief, hatten die beiden irgendwie aufgehört zu streiten. Wir teilten uns einen Schokoriegel und Rebecca erklärte uns den Plan für die Nacht. Obwohl wir ganz offensichtlich nicht am Tauherenikau River waren, ging sie davon aus, dass er nicht weit sein konnte. Sie vermutete, dass wir vom Kamm abgedriftet und zu einem der kleineren Zuflüsse gelangt waren. Nun mussten wir einfach dem Bachlauf folgen, bis er in den Fluss mündete, und dann so weitermachen wie ursprünglich geplant. Das hieß nach oben, durch das nächste Tal und dann hatten wir es geschafft. Irgendwo hatte ich mal gehört oder gelesen, dass man niemals einem Gebirgsbach folgen sollte, aber ich behielt es für mich.

Es begann zu regnen und Rebecca wiederholte den Messertrick mit den wasserdichten Hüllen, sodass wir kurze Zeit später alle in das gleiche leuchtende Orange eingehüllt waren. Mir war schrecklich warm unter dem Plastikcape, aber das war immer noch besser, als zu frieren. Als Rebecca Lisas Rucksack schultern wollte, stellte sich Jonathan neben sie.

»Gib her. Den nehme ich«, sagte er.

»Ich wusste es«, raunte Lisa mir zu.

»Was denn?«

»Rebecca und Jonathan. Ich wusste, dass es passieren würde.«

»Ah.«

Lisa strahlte überglücklich, als würde damit alles besser. Ich fürchtete, dass es die Sache nur noch komplizierter machte.

Schon nach kurzer Zeit begann ich, ihre Zankereien zu vermissen. An die Stelle von Jonathans ständigen Sticheleien trat nun Stille oder Geflüster, das nicht für unsere Ohren bestimmt war. Irgendwann fiel mir auch wieder ein, warum man Flüssen im Gebirge nicht folgen soll. Weil sie Schluchten in die Berge graben und zwischen steilen Abhängen plötzlich sehr tief werden können. Außerdem fließen sie Wasserfälle hinunter. Kleine, harmlose, wie ich sie während meiner Wache gehört hatte. Aber auch größere, die inmitten zerklüfteter Felswände in pechschwarze Wasserbecken stürzen. Dann wird man notgedrungen nass und rutscht immer wieder aus, während man die schlüpfrigen Steine hinunterklettert. Und riskiert Knochenbrüche, Gehirnerschütterung oder Schlimmeres. Je mehr man sich darauf konzentriert, nicht abzurutschen, desto nasser wird man. Das alles hatte ich mal in einem Survival-Buch gelesen. In dem Buch stand nichts davon, dass es im Dunkeln sogar noch gefährlicher ist. Das lag schließlich auf der Hand.

Unsere Füße rutschten auf den glitschigen Steinen aus. Ständig mussten wir umkehren, weil das Wasser zu tief oder das Ufer zu steil wurde. Wir mussten immer wieder stehen bleiben, um Entscheidungen zu treffen, und als der Regen stärker wurde, begann ich, vor Kälte zu zittern.

Die Hälfte der Zeit krochen wir vom Flussufer ins Gebüsch und wieder zurück. Manchmal mussten wir fast senkrechte Böschungen hochklettern. Da Rebecca und Jonathan plötzlich unzertrennlich waren, blieb mir nichts anderes übrig, als mich gemeinsam mit Lisa durchzuschlagen. Ich gewöhnte mich schnell an ihre Hand, die Hilfe suchend nach meiner griff, und an ihre keuchenden Dankeschöns und Ermunterungen.

Wir kamen nicht besonders gut voran. Anfangs ging es noch, als wir glaubten, dass das breite Tal des Tauherenikau River jeden Moment hinter der nächsten Biegung auftauchen würde. Doch als wir vier Stunden später zwischen Felswänden eingekesselt und vom Regen durchnässt waren, glaubte ich nicht einmal mehr, dass wir auch nur in die richtige Richtung steuerten. Meine Gedanken wurden immer düsterer: Wir würden nie wieder hier rauskommen. Wir verschwendeten den letzten Rest unserer kostbaren Energie. Es war dumm von uns, nachts weiterzugehen. Alles würde in einer Katastrophe enden. Die anderen redeten über mich, wenn ich außer Hörweite war. Bestimmt gaben sie mir die Schuld an Ms Jenkins' Tod.

Ein elendes Gefühl machte sich in mir breit. Ich versank im Selbstmitleid und schleppte mich so langsam weiter, dass die anderen immer länger auf mich warten mussten. Irgendwann platzte Jonathan der Kragen. Immerhin hatte er die ganze Nacht noch keinen fertiggemacht.

»Mensch, Marko. Reiß dich gefälligst zusammen!«

Als Antwort setzte ich mich auf den nächstbesten Felsen.

»Verdammte Scheiße!«, knurrte er.

»Jonathan. So machst du es bestimmt nicht besser«, sagte

Rebecca, als könnte ich sie nicht hören oder wäre noch ein kleines Kind.

»Na schön. Was ist los mit dir?«, fragte Jonathan.

»Na, was wohl? Wir haben nichts zu essen. Wir kommen nie hier raus. Sie weiß nicht mal, wo wir sind.«

»Doch. Hat sie doch schon gesagt.«

»Und wieso sind wir dann immer noch nicht an diesem verdammten Fluss?«

»Dann übernimm du doch die Führung, wenn du alles besser weißt.«

»Sag ich ja gar nicht. Ich sage nur, dass wir aufhören sollten, so zu tun, als wäre alles in bester Ordnung. Nichts ist in Ordnung. Wir werden sterben.« Und dann weinte ich. Es war erbärmlich. So erbärmlich, dass ich mich schäme, es hier aufzuschreiben. Aber so war es nun mal. Ich war schwach.

»Pass auf, Marko.« Das war Rebecca mit ihrer Schullehrerstimme. »Wir wissen, wie du dich fühlst. Aber du musst trotzdem weitergehen. Wir haben keine Wahl. Lisa, wie viel Uhr ist es?«

»Fast drei.«

»Noch knapp drei Stunden. Schaffst du das?«

»Vielleicht.«

»Bis dahin sind wir beim Fluss.«

»Eigentlich sollten wir dann schon hier raus sein«, maulte ich wie ein verwöhntes Kind. Genau das war ich ja auch. Ich wollte eine Welt, in der ich nur laut genug jammern musste, bis jemand nachgab und die Regeln änderte. Ich wollte eine Welt, die es nicht gab. Jemand hätte mich schlagen sollen. Jonathan hätte es beinahe getan. Er stand direkt neben mir. So nah, dass ich die letzte kostbare Zigarette in seinem Atem riechen konnte.

»Hör mir mal zu, du Versager. Wir gehen jetzt weiter und es ist mir scheißegal, ob du mitkommst oder nicht. Ich habe keine Energie, um deinen Arsch zu retten. Kapiert?« Dann zu den anderen: »Los, kommt. Wir müssen weiter, sonst fangen wir an zu frieren.«

Es funktionierte. Ich erwachte aus meinem Selbstmitleid.

»Tut mir leid«, rief ich, während wir weiterzogen. Die anderen beiden sagten nichts, aber Lisa ließ sich zurückfallen, legte den Arm um meine Schultern und drückte mich.

»Ich bin froh, dass du hier bist, Marko«, sagte sie.

Nachdem wir dem Zufluss noch eine weitere Stunde gefolgt waren, stießen wir endlich auf den Tauherenikau River. Nur dass der Fluss, den wir drei Tage zuvor überquert hatten, mittlerweile eher einem See glich. Der Wasserpegel war so gestiegen, dass der Fluss über die Ufer getreten war. Sämtliche Bäume in Ufernähe standen im Wasser und wir befanden uns mitten in einer unheimlichen Sumpflandschaft. Die Überschwemmung kam nicht vom Regen. Sondern vom Erdbeben.

»Scheiße!«, fluchte Jonathan.

»Wahrscheinlich steigt der Wasserpegel immer noch«, stellte Rebecca fest. »Flussabwärts macht der Fluss eine Biegung mitten durch die Berge. Wahrscheinlich ist eine Schlucht eingestürzt. Das macht die Sache natürlich etwas komplizierter.«

Lisa war bereits zaghaft in das seichte Wasser zwischen den Bäumen gewatet. Plötzlich schrie sie auf und machte einen Satz nach hinten.

»Was ist denn?«

»Ich weiß nicht. Da hat sich was bewegt.«

»Wo denn? Schnell, zeig es mir. Das könnte unser Abendessen sein.« Jonathan tastete sich langsam vorwärts und leuchtete mit dem Feuerzeug durch die Finsternis. »Oh Mann. Ist der lang!«

»Was ist das?«

»Ein riesiger Aal. Marko, komm mal her. Halt du das Feuerzeug.«

Ich tat, was er sagte. Der winzige Schein des Feuerzeugs war nutzlos, aber der Aal war so groß, dass man ihn auch so sah. »Halt das Feuerzeug immer über ihn drüber. Und wenn er sich bewegt, folgst du ihm.«

»Was hast du vor?«

»Ich schleudere ihn mit einem Stock aus dem Wasser. Und wehe, ihr zwei da draußen lasst ihn wieder entwischen! Dann fress ich euch zum Abendessen!«

»Und wie sollen wir ihn aufhalten?«, fragte Lisa.

»Ganz einfach. Du schnappst dir einen großen Stein und zertrümmerst ihm das Hirn.«

Jonathan schlich vorwärts. Ich sah die Konzentration auf seinem Gesicht und versuchte, mich ebenfalls zu konzentrieren. Der Aal glitt mit einem kräftigen Schwanzschlag durchs Wasser und ich watete hinter ihm her. Ich hörte, wie die Mädchen Steine aufhoben, und wir machten uns alle auf den Angriff gefasst.

Jonathan schlug zu. In der Finsternis verlor ich den Aal aus den Augen, aber er schleuderte ihn auf jeden Fall aus dem Wasser. Dann herrschte wilde Aufregung, als wir alle hektisch nach unserer Beute suchten, ehe sie wieder ins sichere Wasser entwischen konnte.

»Hier ist er! Kommt schnell her!« Lisas Stimme. Als wir zu ihr rannten, zielte sie bereits mit dem Stein auf den Kopf des Tieres.

»Ich dachte, du hättest Angst vor ihm«, sagte Jonathan.

»Er bewegt sich immer noch.«

»Schlag auf den Schwanz. Ich glaube, da sind irgendwelche Nerven drin.«

»Mach du doch.«

Rebecca kauerte sich über das Schwanzende und die beiden Mädchen schlugen erbarmungslos auf den Aal ein.

»Ich glaube, er ist tot«, sagte ich. Wir traten zurück. Er war eineinhalb Meter lang und dicker als mein Unterarm. Jede Menge zu essen.

»So, und jetzt nehmen wir das Ding aus.« Jonathan hatte bereits das Messer gezückt.

»Wie das Fleisch wohl roh schmecken wird?«, sagte ich.

»Keine Ahnung. Ist mir auch egal. Ich mach jedenfalls ein Feuer.«

»Das wirst du nicht«, widersprach Rebecca.

»Ach, komm schon. Warum denn nicht?«

»Weil sie es sehen könnten. Oder riechen.«

»Hier ist doch weit und breit keiner. Mensch, wir haben endlich was zu futtern. Wir schaffen es nie, hier rauszukommen, wenn wir nicht bald was zwischen die Kiemen kriegen.«

»Bitte«, flehte Lisa.

»Zuerst müssen wir ans andere Ufer«, sagte Rebecca.

»Aber wie denn? Der Fluss ist in der Mitte bestimmt wahnsinnig tief.«

»Auf der anderen Seite können wir von mir aus ein Feuer machen.«

»Aber dann sind wir klatschnass«, sagte ich und vergaß, dass ich mir geschworen hatte, nicht mehr zu jammern. »Mir ist jetzt schon kalt.«

»Mir auch«, sagte Lisa.

»Wir können uns ja am Feuer wärmen«, entgegnete Rebecca. »Es ist noch nicht hell. Wir sollten noch ein bisschen gehen. Eine wasserdichte Hülle haben wir noch. Wenn wir unsere Kleider reinstopfen und sie übers Wasser treiben lassen, bleiben sie trocken.«

»Du willst, dass wir uns ausziehen?«, fragte Lisa.

»Ich will nur, dass wir hier lebend wieder rauskommen.«

»Und ich will das Ding hier braten«, fügte Jonathan ungeduldig hinzu. »Kommt schon. Worauf wartet ihr?« Er streifte zuerst den Rucksack ab, dann seinen Fleecepulli und sein T-Shirt.

»Die Unterwäsche kannst du anlassen«, sagte Rebecca. »So schlimm ist die Lage zum Glück noch nicht.«

Wir zogen unsere Sachen aus und stopften sie in die letzte intakte Hülle. Rebecca rollte den Sack fest zusammen und verstaute ihn im Rucksack. Jonathan hackte dem Aal sicherheitshalber den Kopf ab, »damit er im Wasser nicht auf dumme Gedanken kommt«, und wickelte sich den Rest wie einen exotischen Schal um den Hals. Ich versuchte, die anderen nicht anzusehen, aber es gelang mir nur schlecht. Ich spürte den Wind auf meiner Haut. Es war viel zu kalt, um lange herumzustehen.

»Ihr könnt doch alle schwimmen, oder?«, versicherte sich Rebecca.

»Ich nicht so gut«, gestand Lisa.

»Dann nimm du den Rucksack. Der treibt auf dem Wasser. Marko, du bist doch ein guter Schwimmer, oder?«

»Ja, ich war bis zur Zehnten im Schwimmverein.«

»Dann hilfst du Lisa.«

Rebecca ging wie immer voran, dicht gefolgt von Jonathan. Ich sah, wie sich ihre bleichen Körper zielstrebig durchs Wasser bewegten und dann in der Finsternis verschwanden. Ein lautes Klatschen und sie schwammen.

»Alles okay?«, fragte ich Lisa.

»Glaub schon«, antwortete Lisa mit zitternder Stimme.

Es war ein komisches Gefühl, halb nackt so dicht neben ihr zu stehen, dass wir uns fast berührten. Die Dunkelheit und die Gefahr machten die Situation unwirklich. Unbeholfen versuchte ich, den peinlichen Moment zu überspielen. Ich streckte die Hand aus, um ihre Schulter zu berühren und ihr »Danke« und »Alles wird gut« zu signalisieren. Dabei berührte ich versehentlich ihre Brust und ich zog hastig meine Hand wieder zurück.

»Entschuldige, ich wollte nicht …« Ich wusste vor lauter Verlegenheit nicht, was ich sagen sollte.

»Schon gut. Komm schon. Du musst mir helfen.«

»Halt dich am Rucksack fest. Ich schwimme voraus und ziehe dich.«

Das Wasser war eiskalt, aber ich spürte es kaum. Ich war zu sehr damit beschäftigt, mich über Wasser zu halten, nicht die Orientierung zu verlieren und mich um Lisa zu kümmern. Vor lauter Angst verkrampfte sie sich und bewegte sich viel zu hektisch – genau so, wie man es im Wasser nie tun sollte. Ich sah, wie sie verzweifelt mit den Armen ruderte. Ihr Kopf tauchte unter und wieder auf. Sie versuchte, auf den Rucksack zu klettern, aber er würde ihr Gewicht nie tragen. Wenn sie ihn zu sehr nach unten drückte, würde er sich vollsaugen und untergehen.

»Ganz ruhig«, sagte ich.

Ich schwamm neben ihr. »Leg dich auf den Rücken. Ich halte dich fest. Lass die Beine ganz locker. So, und jetzt hältst du dich mit einer Hand am Rucksack fest. Keine Angst, ich bring uns rüber.«

Genau wie ich es im Schwimmverein geübt hatte. Die Strömung zog uns nach unten. Sie war stärker, als ich gedacht hatte, sodass ich mich ganz schön anstrengen musste. Als wir endlich wieder stehen konnten, war ich völlig außer Atem.

»Danke, Marko.« Lisa umarmte mich einen Moment lang, ehe sie aus dem Wasser ging. Die anderen warteten am Ufer auf uns. Jonathan nahm uns den Rucksack ab und seine steif gefrorenen Finger mühten sich mit den Verschlüssen ab.

»Ja, sie sind immer noch trocken!«

Wir trockneten uns mit einem Pulli ab und schlüpften hastig in unsere Kleider. Ich wollte mich noch mal für alles entschuldigen, aber Lisa schnitt mir das Wort ab.

»Vergiss es einfach, Marko. Du hast mich über den Fluss gebracht. Ohne dich wäre ich ertrunken.«

Als könnte das alles wiedergutmachen. Natürlich konnte es das nicht. Kein bisschen. Aber weil ich nichts davon erklären konnte, schwieg ich.

Wir machten ein Stück oberhalb des Ufers ein Feuer oder, besser gesagt, wir sahen zu, wie Jonathan es machte. Als es endlich richtig brannte, setzten wir uns im Kreis und versuchten, unsere nasse Unterwäsche auf Stöcken zu trocknen. Der Schein der Flammen tanzte auf unseren Gesichtern und erweckte sie zum Leben. Jonathan schnitt den Aal in vier lange Streifen. Dann wickelten wir das Fleisch um einen Stock und drehten ihn langsam über den Flammen.

Es war die wohlige Wärme des Feuers. Es war das Gefühl, am anderen Ufer in Sicherheit zu sein. Es war der heiße und rauchige Geschmack des Essens. Es waren die Körper der anderen, die jetzt unter den Kleidern viel wirklicher waren. Es waren so viele Dinge. Mir war noch nie so warm gewesen und ich hatte noch nie so sehr das Gefühl gehabt, genau am richtigen Ort zu sein. Es gab nur eines, was nicht stimmte. Was fehlte. Aber keiner erwähnte es. Nach dem Essen standen Jonathan und Rebecca gemeinsam auf, als hätten sie es abgesprochen.

»Wir, ähm, machen nur einen kleinen Spaziergang und sehen nach, welchen Weg wir heute Abend nehmen«, sagte Jonathan. Sogar hier und jetzt gab es immer noch Dinge, bei denen man lieber nicht ehrlich war.

»Wir sind bald wieder da«, fügte Rebecca hinzu.

»Komisch, was?«, sagte Lisa, als sie fort waren.

Wir saßen dicht nebeneinander. Meine Augen tränten von der Hitze des Feuers. Ich starrte in die Flammen. »Was denn?«

»Die beiden.«

»Stimmt.«

Wir saßen schweigend da. Die Stille um uns herum war voller unausgesprochener Dinge.

»Ich kann immer noch nicht glauben, dass sie tot ist«, flüsterte Lisa.

»Ich weiß.«

»Erzähl mir noch mal, wie es passiert ist.«

Also tat ich es. Und dieses Mal erzählte ich es anders, weil sie anders zuhörte. Dieses Mal war ihre Miene nicht schockiert und fassungslos. Dieses Mal musste ich mich nicht beeilen oder versuchen, es auf eine ganz bestimmte Weise zu schildern. Ich konnte einfach erzählen, wie es passiert war. Es war, als wäre ich noch mal dort, nur dass Lisa mit dabei war. Als ich geendet hatte, schwiegen wir wieder und die Stille füllte sich mit Erinnerungen.

»Meinst du, sie hat es gewusst?«

»Was denn?«

»Dass sie sterben muss.«

»Ich weiß nicht. Es ging alles so schnell.«

»Ja, schon, aber …«

»Ich wünschte, ich hätte was getan.« Die Tränen schmeckten

salzig in meinem Mund. »Sie wusste nicht mal, dass ich da war. Sie dachte, sie wäre ganz allein.«

»Aber was hättest du denn tun sollen?«, sagte sie. Sie legte den Arm um mich.

In diesem Moment kamen Jonathan und Rebecca wieder.

»He, ihr zwei. Haltet euch zurück, ja?«, sagte Jonathan. Dann sah er meine Tränen. »Oh, tut mir leid.«

»Schon gut«, schniefte ich.

Sie setzten sich wieder zu uns. »Wisst ihr, was ich mit diesen Arschlöchern machen würde, wenn ich sie zwischen die Finger bekäme?«

Wir hatten alle unsere Fantasien, bis auf Lisa, die ihre Gedanken für sich behielt, während wir versuchten, uns gegenseitig mit grausamen Strafen zu übertrumpfen. Es dämmerte und leises Vogelgezwitscher drang aus den Bäumen. Rebecca schlug vor, dass wir uns einen Platz zum Schlafen suchten. Sie erklärte sich freiwillig bereit, das Feuer auszumachen und die erste Wache zu übernehmen. Wir fanden eine breite, flache Stelle zum Schlafen. Es fühlte sich überhaupt nicht komisch an, als sich Lisa hinter mich legte und an mich schmiegte. Und es fühlte sich auch nicht komisch an, dass sie die Arme um mich schlang und meinen Nacken küsste. Ich legte meine Hand auf ihre und drückte sie fest. Ich hatte immer noch Hunger, wir wussten immer noch nicht genau, wo wir waren, und wir hatten allen Grund, uns ernsthaft Sorgen zu machen. Doch als ich schließlich erschöpft einschlief, lag ein Lächeln auf meinen Lippen.

Als wir in der folgenden Nacht aufbrachen, konnte ich mir zum ersten Mal vorstellen, dass wir es schaffen würden, hier wieder herauszukommen. Laut Rebecca waren wir weniger als sieben Stunden vom Ende der Teerstraße entfernt. Der Flusspegel war noch etwas angestiegen, schien sich aber langsam einzupendeln. Wir würden den nächsten Kamm erklimmen, zum Waiohine River runtergehen und dem Fluss folgen. Es hörte sich ganz einfach an. Sogar im Dunkeln. Wir redeten alle wieder, rissen Witze und neckten uns gegenseitig – es war ganz anders als das bedrückte Schweigen der vorherigen Nacht. Wie unbeschwerte Jugendliche, die einen Ausflug machten und Spaß hatten. Als wäre es vorbei. Als hätten wir es geschafft.

Im Nachhinein ist man natürlich immer klüger. Aber wir waren so lange vorsichtig gewesen. Und immer vorsichtig zu sein ist verdammt anstrengend. Es ist so leicht, sich von den Dingen ablenken zu lassen, an die man eigentlich denken sollte. Daran, wie gefährlich wir für die Männer waren und dass sie genauso verzweifelt waren wie wir. Und dass plötzlich andere Dinge Sinn oder keinen Sinn ergeben, wenn man jemanden getötet hat. Oder daran, wie schnell man vorankommt, wenn man bei Tag durch den Wald geht, noch dazu mit genügend Nahrung. Und wie offensichtlich es war, welchen Weg wir nehmen würden. Wie leicht man den Rauch eines Lagerfeuers sehen konnte.

Sie lauerten uns auf, hörten die ganze Zeit unsere Stimmen und folgten uns in sicherem Abstand. Sie wollten uns alle umbringen, da bin ich mir ganz sicher. Ich weiß nicht, wie sie es tun wollten, aber plötzlich waren sie mitten unter uns. Lisa schrie zuerst auf, dann Jonathan. Es war dunkel und sie waren nur zu dritt. Ich habe keine Ahnung, was genau sie vorhatten. Jedenfalls brach sofort das absolute Chaos aus.

Wenn ich erst mal die Beherrschung verliere, werde ich unglaublich aggressiv. Ich drehe vollkommen durch. Das war schon immer so. Deshalb hat mir Mum eines Tages vorgeschlagen, Judo zu machen. Sie dachte, es würde mir helfen, meine Gefühle besser unter Kontrolle zu haben. Aber das war überhaupt nicht so. Als ich Lisas Schrei hörte, rannte ich zu ihr und trat mit voller Wucht gegen ein Knie. In so einer Situation ist das meiste reine Glückssache. Ich schien Glück zu haben, denn ich hörte ein lautes Stöhnen und jemand sackte zusammen. Links von mir schrie noch jemand, aber keiner von uns. Dann hörte ich schnelle Schritte. Ich sah die vertrauten Umrisse von Lisa, Jonathan und Rebecca, wie sie gemeinsam davonliefen. Ich wollte ihnen gerade nachlaufen, als mich jemand am Fußgelenk packte.

»Ich hab einen!«, rief er.

»Wo?«

»Hier.« Genug Zeit, um seine genaue Position auszumachen und ihm ins Gesicht zu treten. Ich war frei und vollgepumpt mit Adrenalin und Hass. Ich rannte blindlings davon, in der Hoffnung, dass es die richtige Richtung war, das Geräusch schneller Schritte hinter mir.

»Hier lang!«, rief mein Verfolger. »Schnell!«

Sie waren zu dritt und dann kam ihnen auch noch eine Baumwurzel zu Hilfe. Ich stolperte und fiel der Länge nach hin. Jemand drückte mein Gesicht in die nasse Erde und seine Knie in meinen Rücken. Ich spürte seine knochigen Finger an meinem Hals. Er versuchte, mir die Luft abzudrücken. Nicht um mich unten zu halten und zum Aufgeben zu zwingen. Er wollte mich erwürgen.

Ich hatte keine Zeit. Die Welt bewegte sich im Zeitlupentempo, aber nicht langsam genug. In so einer Situation hat man nur eine Chance: Man muss etwas völlig Unerwartetes tun. Man muss den Gegner zu einer Bewegung zwingen, die man ausnutzen kann. Deshalb versuchte ich nicht, ihn abzuwerfen oder seine Hände von meinem Hals zu lösen. Stattdessen griff ich nach seinen Armen und riss ihn nach vorn. Er wehrte sich nicht, weil er nicht damit gerechnet hatte. Als sich sein Gewicht verlagerte, rollte ich mit der Bewegung mit und er rutschte nach unten. Ich lag zwar auf dem Rücken, aber immerhin auf ihm. Ich rammte meinen Ellbogen mit aller Kraft gegen die Stelle, wo ich seinen Hals vermutete. Ein Röcheln. Der Schlag war nicht hart genug, um ihn zu töten, aber hart genug, dass er mich losließ. Seine Kumpels kamen mit ihren Taschenlampen auf mich zugerannt. Ich rollte mich von ihm herunter, drehte mich um und einen kurzen Moment trafen sich unsere Blicke im Schein einer Taschenlampe.

»Da sind sie!«

Ich sah nur seine Augen, voller Hass und Schmerz. Er war es. Der sie umgebracht hatte. Dieses Gesicht werde ich nie vergessen. Er starrte mich an. Der Arzt.

Ich sprang auf und lief los. Die anderen beiden blieben offensichtlich stehen, um nach ihrem Freund zu sehen. Jedenfalls hörte ich sie nicht mehr hinter mir. Ich ging kein Risiko ein. Ich rannte und rannte, bis ich nicht mehr konnte, und lief immer noch weiter. Als ich stehen blieb, war ich so am Ende, dass ich nichts mehr denken konnte.

Als sich mein rasender Herzschlag wieder etwas beruhigt hatte, kehrten die Gedanken zurück. Gedanken voller Hass. Ich hasste ihn so sehr, dass ich am liebsten zurückgelaufen wäre und ihn erledigt hätte. Doch ich wusste, dass ich ihn niemals finden würde. Ich hasste ihn für das, was er Ms Jenkins angetan hatte. Für das, was ich hatte ansehen müssen, und dafür, wie ich mich fühlte, wenn ich daran dachte. Ich hasste ihn dafür, dass ich mir nichts sehnlicher wünschte, als etwas getan zu haben. Es war seine Schuld und dafür hasste ich ihn. Und ich hasste ihn dafür, dass ich im Dunkeln seine Hände um meinen Hals gespürt und den Blick in seinen Augen gesehen hatte. Einen Blick, der mir gesagt hatte, dass er mich töten würde, wenn er jemals die Gelegenheit dazu hätte. Aber am meisten hasste ich ihn, weil er mich von meinen Freunden getrennt hatte, die ich in diesem Moment so sehr brauchte. Dafür, dass ich jetzt ganz allein war. Ich brauchte Jonathan und seine spöttischen Bemerkungen und Rebecca mit ihrer knallharten Art. Ich brauchte Lisa und ihr Verständnis. Ich war mutterseelenallein in den Bergen und schmeckte den bitteren Geschmack des Todes in meinem Mund. Dafür hasste ich ihn am allermeisten.

Der Hass rettete mich. Ich hasste ihn so sehr, dass ich es nicht zulassen konnte, dass er gewann. Mein Hass war so groß, dass ich an nichts anderes mehr denken konnte als daran, hier herauszukommen und ihn zu finden und es ihm heimzuzahlen. Tief in mir drin gibt es etwas, das einfach nicht nachgeben kann. Weder in den Bergen noch jetzt, während ich alles aufschreibe. Ich hatte Angst, mich im Dunkeln hoffnungslos zu verlaufen, und beschloss, bis zum nächsten Morgen zu schlafen. Ich machte es mir auf einem Flecken feuchten Mooses so bequem wie möglich und hoffte, dass es nicht regnen würde.

Als ich am nächsten Morgen aufwachte, fühlte ich mich so schwach wie noch nie zuvor. Der Aal war mir nicht gut bekommen und ich musste mich erst einmal ins Gebüsch verziehen. Als ich aufstehen wollte, hatte ich so weiche Knie, dass ich mich kaum auf den Beinen halten konnte. Mir war schwindlig und ich hatte schreckliche Kopf- und Bauchschmerzen. Mein Mund war trocken. Ich wusste, dass ich unbedingt zum Fluss zurückfinden musste. Auf dem Weg nach unten bin ich öfter hingefallen, als ich zählen konnte. Als ich endlich zum Flussufer kam, sank ich auf die Knie und trank wie ein Tier. Ich spritzte mir das kühle Wasser ins Gesicht, um einen klaren Kopf zu bekommen. Dann setzte ich mich an den Rand des kleinen Sees und fasste folgende Beschlüsse: Ich würde an Rebeccas Plan festhalten, zum Kamm hochsteigen und dann zum Waiohine River hinuntergehen. Von dort würde ich dem Fluss bis zu den Feldern und Weiden folgen. Da ich nichts zu essen hatte, wollte ich auf Pausen verzichten. Sie würden nur kostbare Zeit verschwenden. Ich schwor mir, immer weiterzugehen, ganz egal, wie schwach ich mich auch fühlte. Das war alles. Weiter konnte ich nicht denken. Die Gedanken an den Arzt würden mich vorantreiben. Irgendwie würde ich ihn später finden. Ich weiß noch, dass ich sogar froh war, dass die anderen sein Gesicht nicht gesehen hatten. So bestand wenigstens die Chance, dass ich ihn noch vor der Polizei fand.

Ich ging und ging. An das meiste kann ich mich nur noch verschwommen erinnern. Die Bilder sind verzerrt und verflüchtigen sich, wenn ich versuche, die Einzelheiten festzuhalten. Ich ging den ganzen Tag. Ich weiß noch, dass es dunkel wurde. Dann wurde mir schlecht und ich bekam so starke Kopfschmerzen, wie ich sie noch nie im Leben gehabt hatte. Wie im Fiebertraum sah ich das Gesicht des Arztes vor mir. Mein Verstand gaukelte mir die verrücktesten Bilder vor. Aus den Bäumen wurden Wolkenkratzer und ich fand einen kaputten Getränkeautomaten. Dann folgte ich einem Weg, der mit rotem Teppich ausgelegt war. Ich muss ein Riesenglück gehabt haben, dass ich nicht geradewegs in den Tod gelaufen bin.

Irgendwann tauchte dann ein Zaun vor mir auf. Dahinter Kühe auf der Wiese. Und das Letzte, woran ich mich erinnere, ist, dass ich mich vor einen Wassertrog gekniet habe.

Als ich wieder zu mir kam, war ich hier im Krankenhaus. Inzwischen kann ich mir ungefähr vorstellen, wie es gewesen sein muss. Wahrscheinlich hatte ich eine Weile bewusstlos auf der Weide gelegen, ehe mich jemand fand. Ich glaube kaum, dass es purer Zufall war, dass ich ausgerechnet hier bei diesem Arzt gelandet bin. Wahrscheinlich hat er geahnt, dass sie mich hierher bringen würden, falls ich es jemals schaffte, wieder aus den Bergen herauszukommen. Also übernahm er den Notdienst und wartete auf mich. Ich verstehe nicht, warum man mich bei meiner Einlieferung nicht identifiziert hat. Die anderen haben mich bestimmt als vermisst gemeldet. Irgendwie muss er es geschafft haben, meine Identität zu verschleiern, ehe er auf die Idee kam, mich so mit Medikamenten vollzupumpen, dass ich nicht mehr klar denken konnte. Aber wer weiß, vielleicht sind die anderen ja auch …

Trotzdem habe ich es nicht vergessen. Nichts habe ich vergessen. Aber allmählich verliere ich die Nerven. Mir fällt es immer schwerer, ruhig zu bleiben und einen vernünftigen Gedanken zu fassen. Ich höre auf zu schreiben und heule vor Angst, wieder allein zu sein. Dieses Mal für immer und ewig. Das Geräusch meiner Stimme macht mir nur noch mehr Angst. Ich habe aufgehört, seine Medikamente zu nehmen. Irgendwie habe ich es geschafft, seine Medikamente nicht mehr zu nehmen. Ich habe eine zweite Chance bekommen. Doch jetzt ist es zu spät. Ich werde sterben.

19

24. April

Ich musste sterben. Ich spürte, wie mir die Todesangst in die Knochen kroch. Der Arzt hatte sein Verbrechen fast vollendet. Bald hatte er es geschafft. Doch dann hat er die Nerven verloren. Wahrscheinlich bekam er plötzlich Panik und hat das Warten nicht mehr ausgehalten. Er kam zu mir in den Raum, um nach mir zu sehen. Um etwas zu Ende zu bringen, was von ganz allein zu Ende gegangen wäre.

Als ich hörte, wie der Schlüssel im Schloss umgedreht wurde, war ich schweißgebadet und so schwach, dass ich im ersten Moment glaubte, ich hätte mir das Geräusch nur eingebildet. Doch dann sah ich, wie sich die Tür langsam öffnete, und nahm meine allerletzte Kraft zusammen. Ich lehnte mit dem Rücken an der Wand und hatte das Notizbuch und das Seil hinter mir versteckt. Regungslos und mit halb geschlossenen Lidern sah ich zu, wie er den Raum betrat. Er machte die Tür zu und verschloss sie. Dann blieb er so weit weg von mir stehen, wie es in dem kleinen Raum nur möglich war, und betrachtete mich forschend. Genau wie ich ihn. Er trug Freizeitkleidung: Jeans und Anorak. Sein Gesicht sah älter aus, als ich es in Erinnerung hatte. Die Haut war bleich und er hatte dunkle Schatten unter den Augen. Es war das erste Mal, dass ich ihn in aller Ruhe ansehen konnte. Ich suchte in seinen Augen nach dem Monster, das in ihm lauerte, doch sein Blick war leer. Ich fragte mich, was er vorhatte, und versuchte zu erahnen, was er als Nächstes tun würde. Einen Moment würde es geben. Meine allerletzte Chance. Ich versuchte, meine letzten Reserven zu mobilisieren und meine Muskeln zum Leben zu erwecken, ohne mich zu bewegen.

Der Arzt zog eine Spritze aus der Jackentasche.

»Du kannst mich hören, Marko, nicht wahr?«, sagte er mit sanfter Stimme. So wie Ärzte mit ihren Patienten sprechen. Ich nickte.

»Es wird überhaupt nicht wehtun. Du wirst einfach einschlafen. Du bist bestimmt sehr müde.«

Und wenn ich mir die Stimme unter anderen Umständen vorstelle, könnte ich fast glauben, dass er sich auf eine kranke Weise tatsächlich Sorgen um mich machte. Dass er es mir leicht machen wollte. Ich ließ ihn nicht aus den Augen und verfolgte jede seiner Bewegungen. Er hielt die Spritze prüfend vors Licht. Dann trat er einen Schritt nach vorn und ich tat so, als wollte ich zurückweichen, wäre aber schon zu schwach. Meine Hand umklammerte das Ende des Seils hinter meinem Rücken. Meine Chance. Noch war es nicht so weit. Seine Bewegungen waren vorsichtig, als rechnete er jeden Moment mit einem Angriff von mir.

»Sie brauchen mich nicht umzubringen«, krächzte ich und sah ihm ins Gesicht. In seinem Blick lag plötzlich unendliche Trauer, mit der ich nicht gerechnet hatte. Ich musste mich zwingen, wieder wegzusehen und auf seine Bewegungen zu achten.

»Ich will dich nicht töten, Marko. Ich wollte, dass du lebst. Ich habe dir das Leben gerettet. Du warst halb tot, als sie dich hierher gebracht haben. Ich habe geholfen, deinen Kreislauf zu stabilisieren.«

Die Hand mit der Spritze sank kraftlos nach unten, als hätte er es sich plötzlich anders überlegt. Er wollte sich etwas von der Seele reden. Ich würde ihm ein bisschen helfen, sodass seine Aufmerksamkeit nachließ.

»Aber jetzt wollen Sie mich töten.«

»Nicht ich, Marko. Sondern die Umstände.«

Er sagte es, als hätte er die Worte schon oft gesagt. Als hätte er dieses Gespräch schon hundertmal in Gedanken geführt. Ich beobachtete ihn und versuchte, nicht zuzuhören. »Am Ende sterben wir alle daran. Unter anderen Umständen würdest du mich töten. Wenn du unbedingt jemandem die Schuld geben willst, dann gib sie Schwester Margaret. Sie war diejenige, die alles besser wusste. Die entgegen meinen Anweisungen mit deiner Dosierung herumexperimentiert hat. Wenn sie sich rausgehalten hätte, wärst du immer noch am Leben.«

»Ich bin immer noch am Leben.«

»Ja, das stimmt. Es hat lange genug gedauert.«

Ich drückte mich von der Wand ab. Ich saß immer noch auf dem Boden und beugte mich zu ihm vor, als wäre ich völlig verzweifelt und am Ende meiner Kräfte. Ich war noch nie ein besonders guter Schauspieler gewesen, aber ich sah, dass er es mir abnahm. Er wich nicht einmal zurück.

»Warum haben Sie es getan? Warum haben Sie sie umgebracht?«

»Es war ein Unfall.« Er wich meinem Blick aus. »Das kommt vor. Ich wollte das nicht.«

Er nahm meinen Arm und wieder leistete ich kaum Widerstand. Er lehnte sich mit seinem vollen Gewicht auf mich, mit dem Rücken an meiner Brust, und hielt mich fest wie ein Scherer ein widerspenstiges Schaf. Ich wartete. Mein Moment würde kommen, wenn er nach einer Vene suchte und die Routine für ein paar Sekunden seine Aufmerksamkeit minderte. Ich spürte, wie sein Gewicht auf mir nachließ. Ich hatte keine Ahnung, wie viel Kraft ich noch hatte.

Ich zog meinen Arm, so schnell ich konnte, über seinen Kopf, schlang ihm das Seil um den Hals und packte das lose Ende mit der freien Hand. Ich war sehr schwach und die Bewegung war unbeholfen, aber ich hatte den Überraschungseffekt auf meiner Seite. Er hatte nicht viel gelernt. Er riss die Hände hoch und versuchte, das Seil zu lockern, um mehr Luft zu bekommen. Sein Druck auf mich erschlaffte und ich kniete mich hinter ihn und zog mit aller Kraft an den überkreuzten Seilenden.

Es war ein einziges Chaos. Er zappelte wie verrückt. Er war viel stärker als ich und ich hielt ihn wie ein Rodeoreiter fest und kämpfte mit meiner letzten Kraft gegen seine. Ohne Luft würde er den Kampf bald verlieren. Als seine Bewegungen schwächer wurden, zog ich das Seil noch straffer – falls er mich reinlegen wollte. Ich hätte ihn töten können, aber mein Hass war größer als meine Wut. Er verdiente keinen schnellen Tod.

Ich zog weiter an dem Seil, bestimmt eine volle Minute, bis er halb ohnmächtig zusammensackte. Dann stieß ich ihn mit dem Gesicht nach unten auf den Betonboden. Ich kniete auf seinen Schulterblättern, drehte ihm einen Arm auf den Rücken und hielt mit der linken Hand sein Handgelenk fest, während ich mit der rechten seinen Kopf zurückzog.

»Eine Bewegung und ich breche dir zuerst den Arm und dann das Genick«, stieß ich hervor.

»Bitte nicht!«, keuchte er. »Ich wollte das alles nicht. Glaub mir. Ich komme auch mit zur Polizei. Ich werde alles gestehen.«

Ich antwortete nicht. Es gab nichts mehr zu sagen. Ich ließ sein Gesicht auf den Boden fallen und durchsuchte seine Taschen. Ich fand den Schlüssel. Ein einfacher Plan nahm Gestalt an. Er würde bekommen, was er verdiente.

Mit raschen Bewegungen band ich ihm das eine Ende des Seils um die Hand. Er versuchte, mich abzuwerfen, aber darauf war ich gefasst. Ich packte ihn an den Haaren und knallte sein Gesicht zu Boden. Dann schlang ich ihm das Seil um den Hals und band die zweite Hand an der ersten fest. Ich hörte, wie er verzweifelt röchelte. Ich trat einen Schritt zurück. Endlich war ich vor ihm sicher. Er drehte sich auf die Seite und starrte mich an.

Ich rechnete damit, dass er nach mir treten würde, als ich ihm Schuhe, Strümpfe und Hose auszog, aber sein Kampfgeist hatte schon nachgelassen. Die Hosen passten nicht besonders gut, aber mit hochgekrempelten Beinen ging es. Wahrscheinlich sah ich ein bisschen merkwürdig aus, aber nicht so merkwürdig wie in einer Schlafanzughose. Ich sagte immer noch nichts. Mir war schwindlig. Nicht vor Schwäche, sondern vor Triumph. Ich durchsuchte noch einmal seine Taschen und fand seine Brieftasche. Ich nahm mir sechzig Dollar. Mehr hatte er nicht.

»Du kannst mich nicht hierlassen«, sagte er schwach. »Bitte nicht!«

Dann versuchte er zu schreien. Ein so tiefer und jämmerlicher Laut, dass ich ihn knebeln musste. Meine Schlafanzughose war dafür bestens geeignet.

Ich nahm die Spritze und schob sie in meine Jackentasche. Dann hob ich das Buch und den Stift auf. Endlich konnte ich das Krankenhaus für immer verlassen.

»Jeder bekommt das, was er verdient«, sagte ich nur noch, ehe ich die Tür verschloss. Ich sah ihm noch einmal in die Augen. In ihnen lag keine Angst, sondern Hoffnung. Verzweifelte Hoffnung. Auch die wird irgendwann schwinden und dann wird er sich so fühlen, wie ich mich gefühlt habe.

Ich ging in eine andere Welt hinaus. Plötzlich fielen mir Dinge auf, die ich kaum wahrgenommen hatte, als Andrew mich hierher gebracht hatte. Ich lief durch halb fertige Korridore. Menschenleer und totenstill. Ich kam an einem verbarrikadierten Aufzugschacht vorbei und ging durch einen dunklen Gang mit Stromkabeln, die von der Decke hingen. Ein Kerker am Ende eines verschlungenen Labyrinths. Sogar ein »*Zutritt verboten*«-Schild an der Stelle, wo der Gang auf das Hauptgebäude stieß. Der Arzt hätte sich keine Sorgen zu machen brauchen. Sie hätten mich niemals lebend gefunden. Ihn werden sie auch nicht finden.

Als ich versuchte, den Ausgang zu finden, sprach mich eine Krankenschwester an.

»Hier kannst du nicht durchgehen«, sagte sie mit einem Lächeln, das mich an Lisa erinnerte.

»Entschuldigung«, sagte ich. »Ich glaube, ich hab mich verlaufen.«

»Wohin willst du denn?«, fragte sie freundlich. Ein normales Gespräch zwischen zwei normalen Menschen. Ich war frei.

»Zur Cafeteria.«

»Oh, da bist du wirklich völlig falsch. Du musst da entlang zum Aufzug gehen und dann runter ins Erdgeschoss fahren. Dort folgst du dann den Schildern zum Empfang und von dort ist es dann angeschrieben.«

»Vielen Dank.«

»Keine Ursache.« Wieder ein Lächeln. Jemanden zu töten ist einfacher, als man denkt.

Die Cafeteria war leer. Draußen war es hell. Die Wanduhr zeigte halb zehn. Ich kaufte mir etwas zu essen und zu trinken. Vor allem zu trinken: zwei riesige Flaschen mit Saft. Die Frau an der Kasse lächelte. Wahrscheinlich war ich nicht gerade der bestgekleidete Mensch, den sie jemals gesehen hatte, aber auch nicht der schlechtestgekleidete. Ich ging nach draußen und lief zwei Straßen weiter bis zum nächsten Park. Erst dort setzte ich mich zum Essen auf eine Bank. Die Sonne schien und das grelle Licht blendete mich. Ich aß langsam und bedächtig. Es ging mir viel besser, als ich erwartet hatte. Als ich an den Arzt dachte, lag ein Lächeln auf meinen Lippen.

Jetzt sitze ich im Bus auf dem Weg nach Hause. Die anderen Fahrgäste wundern sich bestimmt über mein sonderbares Lächeln. Vielleicht halten sie mich für verrückt. Ich habe nicht zu Hause angerufen. Sie wissen nicht, dass ich komme. Ich will sie überraschen. Außerdem kann ich so meine Geschichte mit Mum und Duncan üben. Sie werden mir nicht so viele Fragen stellen. Ich kann es kaum erwarten. Ich schreibe das hier nur auf, damit ich nicht andauernd aus dem Fenster sehe und feststelle, wie unerträglich langsam wir vorankommen. Jetzt sind es nur noch ein paar Kilometer. Sie glauben bestimmt, dass ich tot bin. Das denkt bestimmt jeder. Aber ich lebe und ich bringe eine Geschichte mit, die ich selbst kaum glauben kann.

Trotzdem werde ich sie nicht erzählen. Nicht sofort. Ich habe es mir genau überlegt. Nur Jonathan, Rebecca und Lisa werden es jemals erfahren. Falls sie noch leben. Aber das tun sie bestimmt. Das spüre ich. Sie sind die einzigen Menschen, die es verstehen werden. Aber nicht sofort. Erst wenn es vorbei ist. Erst wenn ich ganz sicher bin, dass er tot ist. Sonst will sich Rebecca bestimmt einmischen und Jonathan noch mal hingehen, um zu sehen, wie er leidet. Ich muss noch ein bisschen warten. Aber das macht nichts. Daran bin ich mittlerweile gewöhnt. Sie werden überrascht sein, dass ich endlich etwas richtig gemacht habe. Es ist mein Geschenk an sie.

Das war's. Ab jetzt ist die Straße so holprig, dass man nicht mehr schreiben kann. Ich habe alles gesagt. Ich habe gewonnen. Ich bin endlich wieder zu Hause. Alles wird gut.

20

26. April

Wisst ihr noch, wie das war, wenn man sich als Kind tagelang auf Weihnachten gefreut hat? Und dann die große Enttäuschung. Genau so fühlte ich mich, als ich nach Hause kam. Es ist wie an Heiligabend. Dir ist schlecht, weil du dich überfressen hast. Das neue Computerspiel ist längst nicht so gut, wie sie in der Fernsehwerbung gesagt haben. Und alle anderen haben viel bessere Geschenke bekommen als du. Deine Großeltern kommen zu spät und bringen ein Geschenk für jemanden mit, der halb so alt ist wie du. Und du bist so enttäuscht, dass du nicht weißt, was du sagen sollst. Also kannst du nur noch weinen. Dann sagt deine Mutter: »Das war ein aufregender Tag. Du bist bestimmt sehr müde.« Aber das ist es überhaupt nicht. Die Geschenke sind doof, nie ist etwas so schön, wie man es sich vorgestellt hat, und das hast du jetzt davon, dass du dich die ganze Zeit so darauf gefreut hast.

Es war wirklich ein aufregender Tag. Sogar zwei aufregende Tage, aber das ist es nicht. Ich bin völlig am Ende, aber zu alt, um deshalb in Tränen auszubrechen. Deshalb bleibe ich heute Morgen im Bett und mache das Einzige, was sich richtig anfühlt. Ich schreibe in mein Notizbuch.

Nichts war so, wie es sein sollte. Ich ging von der Bushaltestelle durch eine Stadt, die ich nicht mehr kannte. Natürlich habe ich damit gerechnet, dass vieles zerstört sein würde. Aber man kann sich noch so sehr auf etwas gefasst machen, es sind die Details, die einen umhauen. Ein Lieblingsgeschäft, das nicht mehr da ist, weil es zu nahe am Ufer stand. Ein Haus, das noch steht und völlig intakt aussieht, während das gegenüber einfach weg ist. Wenn ich zum Hafen hinunterblicke, fehlt so viel, dass ich das, was noch übrig ist, kaum noch wiedererkenne. Und überall Baumaschinen, Bagger und Kräne. Und Abrissgeräusche einer Stadt, die ihre Erinnerungen begräbt.

Es war ein Schock, so nah an meinem Zuhause zu sein, das mir gleichzeitig fremd und vertraut war. Plötzlich kamen all die Gefühle der Schwäche in mir hoch, die mein Körper die ganze Zeit verdrängt hatte. Der kurze Anstieg zu unserem Haus kam mir vor wie ein gewaltiger Berg. Ich musste mich an dem alten Holzgeländer, welches das Erdbeben wie durch ein Wunder unbeschadet überstanden hatte, festhalten, um nicht abzurutschen.

Von vorne sah unser Haus ganz in Ordnung aus. Die ganze Straße schien kaum was abbekommen zu haben. Die Haustür war verschlossen, also ging ich zur Hintertür. Dort sah ich den Schaden. Das Gewächshaus, das Dad mit so viel Liebe gebaut hatte, bevor er uns verließ, war eingestürzt. Im Garten stand unser Zelt, mit dem wir jedes Jahr zum Campen gehen. Es sah traurig und verloren aus.

Die Hintertür war ebenfalls verschlossen, und als ich rief, antwortete keiner. Es war, als wäre ich überhaupt nicht hier. Als wäre ich unsichtbar geworden.

Ich setzte mich auf einen der grünen Gartenstühle und wartete. Plötzlich stiegen ungeahnte Ängste in mir hoch. So sollte das nicht sein. Deshalb war ich nicht mit einem seligen Lächeln aus dem Bus ausgestiegen.

Irgendwann fand mich Duncan. Ich war eingeschlafen und er rüttelte mich wach. Mittlerweile war es Abend.

»Mum! Mum! Marko! Es ist Marko! Marko ist hier!«

Sie kam um die Ecke gerannt und blieb wie angewurzelt stehen. Sie starrte mich ungläubig an. Dann lachten und weinten wir, umarmten uns und weinten wieder. Es gab so viel zu sagen, dass wir gar nicht wussten, wo wir anfangen sollten. Alles, was wir herausbrachten, waren halbe Fragen und unvollständige Antworten. Irgendwann hatte sich Mum wieder so beruhigt, dass sie den Schlüssel aus der Tasche nahm und wir ins Haus gingen. Wir setzten uns ins Wohnzimmer und starrten uns wortlos an.

»Oh«, sagte Mum immer wieder. Dann lächelte sie sonderbar und sah mich an, als könnte sie immer noch nicht glauben, dass ich wirklich da war, und fing wieder an zu heulen. Und ich sagte: »Ich bin so froh, dass ich wieder zu Hause bin.« Und das stimmte auch, wenn auch nicht ganz. Es war nicht so, wie ich es mir gewünscht hatte. Es war nicht so, als wäre ich einfach nur verschwunden gewesen. Am liebsten hätte ich auch losgeheult. Mum schaffte es irgendwann, zum Telefon zu gehen und Onkel Bruce anzurufen. Sie erzählte ihm alles und bat ihn, sämtliche Leute anzurufen, die es wissen sollten.

Irgendwann fing Duncan an, Geschichten vom Erdbeben zu erzählen. Diese typischen Katastrophengeschichten, die man immer wieder erzählt. Mum wurde ärgerlich und sagte, dass wir darüber jetzt nicht reden wollten. Dass wir lieber über schöne Dinge reden sollten. Und dann saßen wir wieder schweigend da, weil niemandem etwas Schönes einfiel.

Dann kamen die Fragen. Die Fragen, die irgendwann kommen

mussten. Aber ich war immer noch nicht richtig bereit. Mum erzählte, dass die anderen vor eineinhalb Wochen zurückgekommen waren. Und dass sie geglaubt hatten, dass ich mich verirrt hätte oder dass ich … Das Wort hat sie nicht gesagt. Man hatte nach mir gesucht. Wo war ich gewesen? Was war passiert? Ich erzählte die Halbwahrheiten, die ich mir zurechtgelegt hatte. Ich entkam. Ich verirrte mich, lief weiter, fing noch einen Aal, fand Essen in einer Hütte. Irgendwann kam ich an der Küste raus. Ich fand ein Bauernhaus, aber es war keiner da und ein Telefon gab es auch nicht. Ich nahm mir etwas Bargeld und Kleider und fuhr mit dem Bus nach Hause. Als ich ihnen die Geschichte erzählte, fühlte ich mich schäbig. Ausgerechnet die Menschen, die ich am meisten liebte, musste ich belügen. Und je mehr ich erzählte, desto mehr hatte ich das Gefühl, nur ein Besucher zu sein. Als wäre ich überhaupt nicht zu Hause.

Später schickte Mum Duncan ins Bett. Ich ahnte, was jetzt kommen würde. Zuerst redete sie ein bisschen um den heißen Brei herum. Sie erzählte von Bekannten, die ihr Haus verloren hatten, und von Leuten, die gestorben waren. Ein paar Schüler aus unserer Schule waren auch umgekommen, aber niemand aus meiner Stufe. Sie erzählte, wie nett die Leute zu ihr gewesen seien und wie schlimm die Ungewissheit. Ihr Haar sah grauer und ihr Gesicht müder aus. Dann holte sie tief Luft und sah mich forschend an.

»Sie waren natürlich alle hier. Rebecca und Jonathan und Lisa. Sie sind sehr nett.«

»Ja.« Ich nickte.

»Sie haben mir erzählt, was passiert ist und was du gesehen hast. Die Polizei war auch schon da. Sie wollen bestimmt mit dir sprechen.« Das war mir klar. Ich nickte wieder.

»Ihre Eltern waren auch hier. Deine Freunde haben sie besucht. Wahrscheinlich würden sie auch gerne mit dir sprechen. Wenn du dazu bereit bist.«

Erneutes Nicken. Ja, ja, ja. Alles Dinge, mit denen ich gerechnet hatte. Alles Dinge, die ich durchstehen würde.

»Ich war bei der Trauerfeier. Ich dachte, ich wäre es ihnen schuldig. Sie haben die Leiche nicht gefunden. Es muss schrecklich für sie sein.« Sie verstummte abrupt, wie jemand, der durch eine fremde Stadt läuft und plötzlich merkt, dass er sich verlaufen hat. Sie sah mich besorgt an. Dann stand sie auf und zog meinen Kopf an sich.

Ich starrte auf unsere Wohnzimmerwand. Und in diesem Moment spürte ich es: Das war kein Neuanfang. Ich war wieder mittendrin, aber ich war zu müde, um darüber nachzudenken.

Ich stand auf und umarmte sie. Ich liebte sie über alles und hatte mich so sehr danach gesehnt, mich an ihr festzuhalten. Und trotzdem hatte ich das Gefühl, sie gar nicht wirklich zu umarmen. Ich sagte ihr, dass ich sie liebte, und fragte, ob ich Jonathan anrufen könnte.

In diesem Moment klingelte das Telefon. Es war Onkel Bruce. Er sagte, dass die Polizei sofort jemanden zu uns schicken wollte, aber Mum bat ihn, das Gespräch auf morgen zu verschieben. Dann wollte ich endlich Jonathan anrufen, aber zuerst musste ich seine Nummer im Telefonbuch nachschlagen. Sein Nachname war der einzige, an den ich mich erinnerte.

»Verdammt, Marko!«, sagte er, als ich mich am Telefon meldete. Dann Stille. »Marko! Ich fass es nicht!«

Er stieß einen lauten Jubelschrei aus. Dann musste ich warten, weil er am anderen Ende der Leitung mit neugierigen Fragen bombardiert wurde.

»Ja, er ist es. Er lebt … Ich weiß nicht, das hat er nicht gesagt. Wahrscheinlich zu Hause … Das weiß ich auch nicht. Pass auf, lass mich einfach mal mit ihm reden, ja? Tut mir leid, Mann. Die sind hier alle total aus dem Häuschen … Mensch, Marko! Wie geht's dir? Geht's dir gut?«

»Ja, alles klar.«

»Was ist passiert? Ich dachte, sie hätten dich geschnappt.«

»Haben sie auch, aber ich bin ihnen entwischt.«

»Hast du sie gesehen? Du hast bestimmt ihre Gesichter gesehen. Hast du schon mit der Polizei geredet?«

»Die kommen morgen her.«

»Gut. Gut. Tja, also … und wie geht's dir jetzt?«

»Na ja, ganz gut. Ist gar nicht so einfach zurückzukommen.«

»Hast du die anderen schon angerufen?«

»Nein, du bist der Erste.«

»Ich kann sie anrufen, wenn du willst.«

»Okay.«

»He, wir sollten uns treffen. Wie wär's, wenn du morgen Abend zu mir kämst?«

Er sagte es, als würde er mich zu einer Party einladen. Es fühlte sich irgendwie falsch an. Ich dachte, dass er eigentlich etwas anderes sagen müsste. Auch wenn ich nicht wusste, was.

»Ähm, klar. Gute Idee.«

»Lisa wird sich bestimmt wahnsinnig freuen. Hast du das von ihr schon gehört?«

»Nein, was denn?«

»Echt übel. Ihr kleiner Bruder ist beim Erdbeben ums Leben gekommen. Es geht ihr natürlich mies. Aber vielleicht kann ich sie ja überreden, trotzdem zu kommen. Mensch, Marko!«

»Ja.«

Ich wollte noch viel mehr sagen, aber nicht am Telefon mit Mum im Hintergrund. Morgen Abend würde es bestimmt anders sein, wenn ich sie alle wiedersah. Das mit Lisas Bruder warf mich echt um. Jonathan redete wieder mit jemandem am anderen Ende der Leitung.

»Ja, ich weiß. Aber es ist Marko … Ja, ja, schon gut. He, Marko. Ich muss leider los.«

»Kein Problem.«

»Dann also bis morgen. Um sieben?«

»Alles klar. Bis morgen.«

»Also dann. Tschüss.«

»Tschüss.«

»Er war bestimmt erleichtert«, sagte Mum.« Ich legte auf.

»Ja. Du hast mir gar nicht erzählt, dass Lisas Bruder tot ist.«

»Ach ja. Das hab ich bei der Aufregung ganz vergessen.«

»Ich sollte sie anrufen. Zu blöd, dass ich Jonathan nicht nach ihrer Nummer gefragt habe. Du weißt nicht zufällig, wie sie mit Nachnamen heißt?«

»Leider nicht. In der Zeitung war ein Artikel über euch drin, aber ich glaube, den habe ich nicht mehr.«

Ich versuchte es noch einmal bei Jonathan, aber es ging keiner mehr dran. Ich fühlte mich kraftlos und leer. Morgen würde es bestimmt besser sein, hoffte ich. Vielleicht würde sich morgen endlich alles wirklich anfühlen.

»Hör mal. Ich bin total müde. Ich glaub, ich geh ins Bett.«

»Natürlich. Du musst ja …« Mum schlug sich erschrocken die Hand vor den Mund. »Mein Gott, dass ich nicht früher daran gedacht habe! Du musst unbedingt zu einem Arzt.«

»Nein. Mir geht's gut, ehrlich«, versicherte ich ihr. »So schlimm war es nicht. Ich muss nur mal richtig ausschlafen, das ist alles.«

»Sicher?«

»Sicher.«

»Na schön. Hauptsache, du bist wieder da.« Sie drückte mich noch einmal an sich.

Ich lag stundenlang wach und starrte auf die Schatten an der Decke. Ich versuchte, an den sterbenden Arzt zu denken. Und das Gefühl des Triumphes auszukosten, so wie ich es mir vorher oft ausgemalt hatte. Aber ich fühlte nichts. Ich fühlte mich leer und verraten.

Am nächsten Morgen kam die Polizei. Ich hatte gerade gefrühstückt und war immer noch müde, weil ich schlecht geschlafen hatte. Mum versuchte, im Hintergrund zu bleiben, aber die Polizisten baten sie, uns allein zu lassen. Sie schienen es kaum abwarten zu können, mit mir zu sprechen. Sie trugen beide Zivilkleidung. Der eine hatte eine Glatze und einen Schnurrbart und zog nicht einmal den Mantel aus. Der andere war jünger und trug einen dunkelblauen Anzug. Er notierte sich alles und lächelte kein einziges Mal.

Das Gespräch zog sich in die Länge. Sie wollten alles genau wissen und bissen sich an den kleinsten Kleinigkeiten fest. Ich wollte einfach nur, dass sie wieder verschwanden. Es gab hier nichts mehr zu tun. Ihre Arbeit war längst erledigt. Der Glatzkopf sagte ständig: »Du weißt doch, wie wichtig das ist, oder?« Als wäre es möglich, dass ich das noch nicht begriffen hatte. Ich arbeitete mich Einzelheit für Einzelheit vor und war so ehrlich wie möglich, ohne die ganze Wahrheit zu sagen.

Als das Gespräch schließlich auf den nächtlichen Angriff kam, bei dem ich von den anderen getrennt wurde, stand ihnen die Enttäuschung ins Gesicht geschrieben. Wahrscheinlich hatten sie sich diesen Teil bis zuletzt aufgespart, in der Hoffnung, dort die

Antworten auf alle ihre Fragen zu finden. Aber es war dunkel gewesen, sagte ich ihnen. Ich hatte Todesangst und war müde und verwirrt. Und nein, ich hatte ihre Gesichter nicht gesehen. Und aufgefallen war mir auch nichts.

Sie verloren das Interesse. Sie fragten noch ein bisschen weiter. Wohin ich gegangen oder wie ich wieder nach Hause gekommen sei, und ich erzählte meine Lügen noch einmal. Dieses Mal gingen sie mir schon leichter über die Lippen. Aber sie hörten sowieso nicht mehr richtig zu. Der mit dem Anzug hatte aufgehört zu schreiben. Ich glaube nicht, dass sie was gemerkt haben. Wenn der Arzt irgendwann tot aufgefunden wird, werden sie bestimmt keine Verbindung herstellen zwischen einem entflohenen Psychiatriepatienten und einem Jungen, der sich in den Bergen verlaufen hat.

An diesem Tag kamen noch mehr Besucher. Hauptsächlich Freunde der Familie, aber ich war schrecklich zappelig und konnte mich kaum konzentrieren. Wahrscheinlich war ich ziemlich unhöflich. Doch die meisten lächelten verständnisvoll. Mr Camden kam auch vorbei und brachte mir mein Rad zurück. Er erzählte mir, wie froh alle seien, dass mir nichts passiert sei. Zum Schluss meinte er augenzwinkernd, er sei schon sehr gespannt auf meinen Abschlussbericht über die Exkursion. Er ist ein guter Kerl.

Dann war da noch ein Zeitungsjournalist mit einem Fotografen im Schlepptau. Aber ich sagte Mum, dass sie die Typen wieder wegschicken solle. Ich bin schließlich nicht dumm. Jonathan rief noch mal an und erklärte mir den Weg zu seinem Haus. Die Zeit bis sieben Uhr erschien mir unendlich lang. Ich sehnte mich so sehr danach, sie zu sehen. Dann würde es mir endlich besser gehen.

Ich sah ein bisschen fern, um mir die Zeit zu vertreiben, aber die Sendungen gingen mir auf die Nerven. Gegen fünf klingelte es wieder an der Tür. Mum war zum Supermarkt gefahren und Duncan bei einem Freund. Zuerst wollte ich das Klingeln einfach so lange ignorieren, bis der- oder diejenige aufgab und wieder verschwand. Aber irgendwo tief in mir drin ahnte ich, wer es war, und ich brachte es nicht übers Herz, sie einfach wieder wegzuschicken.

Sie waren beide Mitte vierzig. Sie schienen sich unbehaglich zu fühlen und wirkten förmlich und ich konnte beim besten Willen nichts von ihrer Tochter in ihren Gesichtern erkennen. Ich führte sie ins Wohnzimmer. Sie entschuldigten sich bei mir für die Störung und meinten es auch so. Sie sagten mir, wie froh sie seien, dass mir nichts zugestoßen sei, und auch das meinten sie wirklich so. Mr Jenkins hatte ein langes, schmales, ausdrucksvolles Gesicht und tiefe Falten zwischen Mund und Nase. Er war sehr groß, selbst wenn er saß. Er saß kerzengerade auf der Stuhlkante, hörte mir aufmerksam zu und sah mir fest in die Augen. Mrs Jenkins war kleiner als er und interessierte sich mehr für unsere Wohnzimmereinrichtung. In ihrem Gesicht spiegelte sich der Schmerz und die Verwirrung, die Mr Jenkins wie durch ein Wunder verbarg.

»Ich weiß, das ist bestimmt nicht leicht für dich, Marko«, sagte Mr Jenkins. Er hatte mich von Anfang an beim Namen genannt. »Aber die anderen haben uns erzählt, dass du dabei warst, als Carol starb. Weißt du, wir müssen das einfach wissen. Bitte erzähl uns, wie es passiert ist.«

Eine kurze Geschichte, die ich schon mehrmals erzählt hatte. Beim vierten Mal müsste man eigentlich einen gewissen Abstand dazu entwickelt haben. Man sollte nicht mehr mitten im Geschehen sein, das man beschrieb. Aber ich war es trotzdem. Die

Geschichte, die ich ihnen erzählte, war traurig, schmerzhaft und sinnlos. Und während ich sie ihnen erzählte, sah ich, wie sie versuchten zu begreifen. Als ich fertig war, spürte ich eine Träne auf meiner Wange.

»Das heißt, es war *doch* eine Art Unfall«, sagte Mr Jenkins, als hätte er das die ganze Zeit vermutet.

»Aber er hat sie absichtlich geschlagen«, widersprach ich. »Er war sehr wütend.«

»Aber«, fuhr er fort und hielt kurz inne, als rückte er im Geiste ein Bild zurecht, »du hast doch gesagt, dass ihr Kopf gegen den Baum gestoßen ist. Und dann ist sie hingefallen und sie sagten, dass sie tot ist. Dann war es also der Schlag gegen den Baumstamm. Bitte entschuldige, dass wir so genau nachfragen, aber ohne Leiche gibt es keine andere Möglichkeit, das zu überprüfen, und wir müssen es unbedingt wissen.«

»Ja«, sagte ich. »Es war der Baumstamm, aber …«

»Also ein Unfall. In gewisser Weise.«

»Nein, Malcolm. Lass ihn ausreden. Du hast ›aber‹ gesagt. Aber was?«

»Ich wollte nur sagen, dass es kein Unfall war. Er hat sie geschlagen und dann war sie tot. Er hat sie absichtlich geschlagen.«

»Genau das verstehe ich nicht«, sagte sie. »Warum hat er das getan? Warum war er so wütend? Was wollte er von ihr? Meinst du, es war eine Art Missverständnis? Warum haben sie Carol nicht einfach gehen lassen? Das verstehe ich einfach nicht.«

»Bitte nicht, Sandra. Wir haben doch schon mit der Polizei darüber geredet. Wir können nicht wissen, was in ihren Köpfen vorgegangen ist. Irgendetwas ist einfach schiefgelaufen. Es hat keinen Sinn, darüber zu spekulieren. Das hilft uns nicht weiter. Und es ist nicht fair Marko gegenüber. Er weiß es auch nicht.«

Aber ich wusste es. Ich wusste mehr, als ich sagte. Ich hörte ihre Stimmen und wie sie redeten. Ich sah seine Hand auf ihrer Brust. Und ich sah mich, wie ich einfach nur zusah, keinen Mucks von mir gab und ihr nicht half. Ich weiß, dass der Arzt ein Mörder ist. Genau wie ich auch weiß, wo er ist und wie dreckig es ihm jetzt geht. Ich wusste so viele Dinge, die ich nicht erzählen konnte, während ich ihnen gegenübersaß und genau wusste, dass nichts, was ich ihnen sagen konnte, es jemals besser machen würde.

»Vielleicht finden sie die Kerle ja«, sagte ich. »Dann wissen wir mehr. Und dann bekommen sie die Strafe, die sie verdient haben.«

Sie sahen zuerst mich und dann sich an, als hätten sie darüber schon ausführlich gesprochen.

»Nein«, erklärte Mrs Jenkins kopfschüttelnd. »Das würde uns überhaupt nicht helfen.«

Sie standen beide auf und Mr Jenkins dankte mir noch einmal. Er gab mir zum Abschied die Hand und Mrs Jenkins überlegte kurz, ob sie mich umarmen sollte, ließ es dann aber doch. Sie hatte recht. Schließlich kannten wir uns kaum.

Ich war der Erste, der zu Jonathan kam. Er umarmte mich auch nicht, aber wir zögerten beide, ehe wir uns dagegen entschieden. Draußen in den Bergen hätten wir uns bestimmt umarmt. Und wenn er das vom Krankenhaus gewusst hätte, hätten wir uns vielleicht auch umarmt. Auf dem Weg zu ihm hatte ich beschlossen, ihnen die Sache mit dem Arzt zu erzählen, sobald sie mich danach fragten. Ich musste es unbedingt jemandem erzählen.

Als die Pizza kam, die Jonathan bestellt hatte, waren die anderen immer noch nicht da.

»Rebecca kommt bestimmt extra zu spät«, meinte Jonathan. »Damit sie auf keinen Fall mit mir allein ist.«

»Dann läuft es also nicht so gut?«

»Nein. Ich hab irgendwas gemacht, was sie genervt hat. Was soll's. Es war sowieso klar, dass es nicht lange halten würde. Das hatte was mit unserer speziellen Situation in den Bergen zu tun. Hier unten ist es anders, weißt du.«

»Mhm.«

Jonathan erzählte mir, was ich in meiner Abwesenheit alles verpasst hatte. Von Ms Jenkins' Trauerfeier und dass sie einen Sarg in die Erde gelassen hatten, obwohl die Leiche nie gefunden worden war. (»Sie haben was an der Stelle gefunden, aber sie sagen nicht, was. Du weißt ja, wie die Polizei ist.«) Er erzählte, dass die ganze Schule da gewesen sei und Hunderte von anderen Leuten. Und dass sogar das Fernsehen und die Zeitung darüber berichtet hätten, obwohl es so viele Beerdigungen gegeben hatte. Mr Jenkins hatte eine »echt starke« Rede gehalten, aber er konnte sich nicht mehr so richtig erinnern, was genau er gesagt hatte. (»Hast du ihn kennengelernt? Er geht einem ganz schön unter die Haut, findest du nicht?«) Jonathan erzählte, man habe sie gefragt, ob sie bei der Trauerfeier etwas sagen wollten. Aber Lisa war wegen der Sache mit ihrem Bruder zu traurig gewesen und Jonathan wollte nicht. Und Rebecca wollte nicht als Einzige was sagen. Deswegen hatten sie sich auch in die Haare bekommen. (»Aber ich hab sie ja kaum gekannt. Was hätte ich denn sagen sollen? Da waren all diese Leute, die total fertig waren, und ich wollte mich nicht vor sie hinstellen und ihnen was vorspielen.«) Ich fragte ihn, wie Lisas Bruder ums Leben gekommen sei, aber er wusste es nicht genau. (»Irgend so ein Scheiß mit dem Erdbeben, irgendwas ist eingestürzt.«) Er fing gerade an, danach zu fragen, wie es mir ergangen sei, und ich überlegte schon, wie ich ihn hinhalten konnte, als Rebecca klingelte.

Rebecca umarmte mich. Gleich als sie reinkam und nur ganz kurz. Als hätte sie den ganzen Weg darüber nachgedacht.

»Wie geht es dir?«, fragte sie.

»Ganz gut so weit.«

»Ich bin so froh, dass du es geschafft hast zu entkommen. Ich meine, ich hatte solche Angst, dass du … Wir hatten alle Angst um dich. Hat dir Jonathan erzählt, dass wir noch mal zurückgegangen sind, um nach dir zu suchen?«

»Nein.«

»Typisch.«

»Trotzdem danke.«

»Ist doch klar. Hast du gehört, dass sie die Leiche irgendwo anders versteckt haben? Sie haben sie sogar mit Spürhunden gesucht, aber sie haben sie nirgends gefunden.«

»Wahrscheinlich haben die Typen sie zerstückelt.«

»Jonathan!«

»Im Ernst. Wie hätten sie die Leiche sonst wegbringen sollen? In jeden Rucksack ein kleines Stück und … Au! Wofür war das denn?«

»Dafür, dass du so doof bist.«

»Willst du dir noch ein bisschen Pizza in der Mikrowelle warm machen?«

»Hast du auch eine vegetarische bestellt?«

»Hab ich vergessen.«

»Blödmann.«

Und dann stritten sie wieder, halb im Ernst und halb im Spaß. Als hätten wir einen Zeitsprung nach hinten gemacht. Als wäre nichts passiert. Als Nächstes tratschten sie über die Schule. Bei jeder anderen Gelegenheit wäre das völlig in Ordnung gewesen, aber nicht jetzt. Ich versuchte, halbherzig mitzureden, und sah immer wieder zur Tür, in der Hoffnung, dass Lisa bald käme. Dann konnte ich es ihnen erzählen. Dann würde alles anders sein. Dann mussten wir aufhören, so zu tun, als wäre nichts.

Es war schon nach neun, als sie endlich kam. Sie sah ganz anders aus als die Lisa, die ich kannte. Das gleiche Gesicht, die gleichen Haare und die gleichen Kleider, die ich aus der Schule kannte. Aber andere Augen und eine andere Art, mich zu umarmen.

»Marko«, flüsterte sie. »Ich bin ja so froh.« Aber viel Freude war nicht mehr in ihr übrig.

»Hör mal. Das mit deinem Bruder tut mir schrecklich leid.« Ich hatte ganz vergessen, die anderen nach seinem Namen zu fragen. »Ich wollte dich eigentlich gestern Abend noch anrufen, aber ich wusste deine Nummer nicht.«

»Macht nichts. Danke.«

Und dann Stille. Abwartende Stille. Als könnte jeder Schritt, den wir jetzt taten, in die falsche Richtung führen. Lisa würde bestimmen, wie es weiterging.

»Wo ist denn die Pizza?«, fragte sie mit einem schiefen Lächeln. »Sag mal, fängt der Film hier gerade an? Den wollte ich mir schon immer mal ansehen.«

Das war ihre Art zu sagen »Ich will nicht reden«. Und wenn Lisa nicht reden wollte, tat sie es auch nicht. Ein klares Zeichen. Also saß ich da, endlich in der Nähe der anderen und doch meilenweit von ihnen entfernt. All die Erlebnisse aus dem Krankenhaus lasteten auf meiner Seele, während der Fernseher eine belanglose Geschichte erzählte.

Ich sah ein paarmal zu Lisa hinüber, die zusammengerollt in der Sofaecke lag. Ich versuchte, ihren Blick zu erhaschen, aber er war starr auf den Bildschirm gerichtet, wo ihr niemand etwas anhaben konnte. Als der Film schon fast zu Ende war, fragte mich Rebecca in der letzten Werbepause: »Wie bist du denn eigentlich wieder rausgekommen?«

»Aber das hab ich dir doch schon erzählt«, sagte Jonathan.

»Aber ich will es richtig hören.«

Richtig, aber in weniger als vier Minuten. Mir blieb nichts anderes übrig, als die Lügen zu wiederholen, die ich mir ausgedacht hatte: Flucht, Aal, Hütte, Essen, Bauernhof, Bus. Dann war die Werbepause zu Ende. Keine Zeit mehr für Fragen. Als der Film zu Ende war, stand Lisa auf.

»Ich muss wieder nach Hause«, sagte sie. »Es war schön, euch zu sehen.« Sie sah mich an. »Marko, komm mal her. Ich bin ja so froh …« Sie umarmte mich noch einmal.

»Ich ruf dich an, ja?«, sagte ich.

»Ja, gern. Komm mich doch mal besuchen. Im Moment gehe ich noch nicht zur Schule.«

Sie lächelte, winkte den anderen kurz zu. Dann war sie weg.

»Oh Mann, das muss echt schrecklich sein«, sagte Rebecca. »Ich wünschte, wir könnten was tun.«

Das wünschte ich mir auch.

Es waren also zwei lange, anstrengende Tage. Und dann war da noch vergangene Nacht und alles wurde nur noch schlimmer.

Ich hatte schon Albträume oder besser gesagt schlechte Träume, die ich für Albträume hielt. Als ich klein war, bin ich dann manchmal zu meinen Eltern ins Bett gekrochen. Aber das in der letzten Nacht war anders. Das war kein schlechter Traum, den man vertreiben kann, indem man sich aufsetzt und das Licht anmacht. Es hört sich vielleicht dumm an, aber ich habe sogar Angst, den Traum jetzt aufzuschreiben. Als wäre er dann immer noch da, in diesem Zimmer. Wenn man bedenkt, wie viele schreckliche Dinge ich in letzter Zeit erlebt und aufgeschrieben habe, dann klingt das vielleicht erst recht seltsam. Aber Albträume sind schlimmer. Sie dringen in dich ein, ohne dass du dich dagegen wehren kannst.

Ich träumte, ich wäre aufgewacht, hier in meinem Zimmer. Die Wände waren dunkler als meine, mit fleckigem Holz anstelle von Tapeten. Und sie waren so hoch, dass ich die Decke nicht sehen konnte. Aber es war trotzdem mein Zimmer. Wenn ich nach oben sah, hatte ich das Gefühl, als wäre ich irgendwo in die Tiefe gefallen. Es gab keine Tür, aber das fiel mir gar nicht auf, als wäre das ganz normal. Ich lag in meinem Bett und irgendetwas hatte mich geweckt.

Ein Geräusch. Ich setzte mich auf und lauschte. Das Geräusch kam vom Fenster. Kein Klopfen, sondern ein dumpfes, unregelmäßiges Pochen. Als ich aufstand, war der Fußboden unter meinen nackten Füßen so kalt, dass ich es durch den Traum spürte und zum zweiten Mal erwachte. Trotzdem wollte ich sicherheitshalber zum Fenster gehen und nachsehen, ehe ich mich wieder hinlegte.

Ich zog den Vorhang zurück. Draußen war es ungewohnt finster. Viel zu dunkel für eine Stadt bei Nacht. Hinter der Scheibe bildete sich eine Luftblase und stieg langsam nach oben. Wasser. Es war Wasser. Ich blickte der Blase nach und sah den Arzt im Wasser treiben. Er trieb reglos im Wasser, aber er lebte. Er sah mit starrem Blick sehnsuchtsvoll in mein Zimmer. Er schien mich weder wahrzunehmen noch zu erkennen. Er hing einfach nur da, und als ihn die Strömung erfasste, wurde sein aufgeschwemmtes Gesicht gegen die Glasscheibe gedrückt. Als wäre es aus Gummi.

Ich wollte weglaufen, aber es gab keinen Ausweg. Ich versuchte, die Vorhänge wieder zuzuziehen, aber die Vorhänge waren nicht mehr da. Ich stand wie gelähmt da und starrte ihn an. Plötzlich veränderte sich der Ausdruck in seinen Augen. Mit letzter Kraft streckte er den Finger aus und zeigte auf meine Füße.

Ich sah nach unten und stellte fest, dass sie bereits knöcheltief im Wasser standen. Das Wasser war so dunkel, dass es aussah, als würde ich mich darin auflösen. Dort, wo das Wasser die Wand berührte, löste sich auch die Wand auf. Bald würde ich wie er hilflos im Wasser treiben.

Ich schrie. Ich öffnete den Mund und brüllte verzweifelt, weil ich wusste, dass ich immer noch träumte und endlich aufwachen wollte. Aber es war kein Laut zu hören. Das Wasser stieg immer höher, bis auch ich im Wasser trieb. Und dann kam das Schlimmste von allem. Ich fühlte nichts mehr. Kein Gewicht, keine Kraft, keine Bewegung. Es war der schlimmste Traum, den ich jemals gehabt hatte. Es gab keinen Fortschritt und kein Ende. Ich steckte in einem unendlichen Moment fest. Manchmal stieß ich gegen den Arzt, manchmal gegen eines der vielen Fenster, die mich plötzlich umgaben.

Als ich heute Morgen schließlich aufwachte, war ich völlig am Ende. So eine Nacht möchte ich nie mehr erleben. Kann es sein, dass er mir das antut, während er stirbt? Ich weiß, es ist unmöglich. Aber ich weiß auch, wie leicht es ist, Dinge zu glauben, die gar nicht stimmen. Jetzt bin ich nicht einmal mehr in der Lage, aus meinem Bett aufzustehen, weil ich nicht weiß, wohin ich gehen soll. Ich weiß nicht, was ich tun soll.

Ich muss es jemandem erzählen. Ich muss wenigstens einen Teil davon loswerden. Vielleicht gehe ich zu Lisa. Sie hat selbst gesagt, dass ich sie besuchen soll.

21

27. April

Jonathan hatte mir gesagt, wo Lisa wohnt. Er hatte mir auch ihre Telefonnummer gegeben, aber ich rief nicht an. Ich wollte nicht riskieren, dass mir jemand sagte, dass es jetzt gerade nicht gehe. Ich hielt es nicht mehr länger zu Hause aus. Ich kannte die Straße, wo sie wohnte. Es war nicht allzu weit weg. Ich fuhr mit dem Rad.

Es war ein großes, neues Backsteinhaus mit einer langen, geschwungenen Auffahrt und automatischem schmiedeeisernem Tor. Ein Ort, der nicht so aussah, als könnte hier etwas schiefgehen. Ich stellte mein Rad neben der Doppelgarage ab und klingelte. Ich wartete. Es tat gut, aus dem Haus zu kommen, aber ich war trotzdem schrecklich nervös.

»Ja, hallo?« Das musste ihre Mutter sein. Jung, mit großen Augen. Gut aussehend. Traurig.

»Hallo. Ähm, ich bin Marko. Ich wollte zu Lisa, wenn das geht.«

»Marko? Ach ja, natürlich. Marko. Ich war so froh, ich meine, wir waren alle so froh, als wir gehört haben, dass dir nichts passiert ist.«

»Mhm. Ähm, das mit Matthew tut mir sehr leid.« Mein Glück und ihr Unglück starrten sich einen Moment lang an. »Ist Lisa da?«

»Nein, sie ist gerade weggegangen. Zum Friedhof.«

»Makara?«

»Genau.«

»Meinen Sie, sie hat was dagegen, wenn ich zu ihr gehe?«

»Wenn sie was dagegen hat, wird sie es dir sagen.« Ihr Blick fiel auf mein Rad. »Du musst aufpassen, dass du dich nicht verfährst. Sie haben die Straße umgeleitet. Aber die Umleitung ist ausgeschildert. Du musst unten am Bauernhof rechts vorbei.«

Auf dem Parkplatz standen zwanzig Autos. Auf einem frisch gemähten Hügel auf der linken Seite war der Abschnitt mit den Erdbebenopfern. Unzählige Reihen kleiner Haufen von frisch aufgeschütteter Erde, die alle mit den gleichen provisorischen Holzkreuzen versehen waren. Eine Frau ging mit Blumen an mir vorbei. Als sie meinen verlorenen Gesichtsausdruck sah, lächelte sie verständnisvoll. Einige Besucher saßen auf Bänken, andere standen einfach nur herum und sahen aus wie Statuen auf alten Friedhöfen. Andere ärgerten sich, weil der Wind ihre Blumen auf fremde Gräber wehte. Nur Lisa konnte ich nirgends entdecken. Ich überlegte, ob ich nach dem Namen ihres Bruders – Matthew Heading, elf Jahre – suchen sollte. Aber es schien mir nicht richtig, an diesem traurigen Ort wie ein Tourist herumzulaufen. Genauso wenig wollte ich herumstehen und die Leute anstarren. Ich wollte lieber wieder gehen. Ich spürte, wie aus der pochenden Angst Panik wurde. Ich versuchte, mich zu entspannen, und hoffte, dass die Attacke vorüberginge. Ich sehnte mich so sehr danach, Lisa zu sehen, dass ich mich zurückhalten musste, um nicht laut ihren Namen zu rufen. Dann hörte ich ihre Stimme hinter mir.

»Marko!«

Sie saß auf einer Bank auf einer Anhöhe des Friedhofs, von der man die Gräber überblickte. Am liebsten wäre ich zu ihr gerannt, aber ich beherrschte mich und ging langsam zu ihr. Ich setzte mich neben sie auf die Bank. Plötzlich merkte ich, dass ich lächelte.

»Was machst du denn hier?«, fragte sie.

»Ich hab dich gesucht. Deine Mutter hat mir gesagt, dass du hier bist. Ich hoffe, ich störe dich nicht.«

»Überhaupt nicht. Ich bin froh, dass du da bist. Mama kommt nicht gerne hierher. Noch nicht. Papa auch nicht. Und Liz ist schon wieder in Auckland. Es ist schön, nicht allein hier zu sein.«

Sie rückte näher und legte den Kopf auf meine Schulter. Es war fast wieder wie in den Bergen. Ich spürte, wie meine Panik nachließ.

»Schrecklich, oder?«, sagte sie und deutete mit dem Kopf auf die fein säuberlich angelegten Gräber.

»Mhm.«

»Zu viel kahle Erde. Ich meine, natürlich weiß ich, dass es ein Grab ist. Also müsste es mir eigentlich egal sein. Aber so sieht alles noch so frisch aus. Ich kann es kaum erwarten, bis endlich Gras darübergewachsen ist. Ich habe sogar überlegt, ob ich ein bisschen Rasensamen draufstreuen soll. Meinst du, das ist erlaubt?«

»Wahrscheinlich weht der Samen sowieso aufs nächste Grab.«

»Wie die Blumen.« Sie lächelte. »Ich glaube, ich möchte gerne da drüben begraben werden, wo der Wind immer hinweht. Dort liegen bestimmt die meisten Blumen.«

»Wo ist denn Matthews Grab?«

»Zweite Reihe, das dritte von rechts. Klingt wie auf einem Klassenfoto, was?«

»Alles okay mit dir? Ich meine …«

»Ja, schon. Das heißt, eigentlich nicht. Ich weiß nicht. Ich glaube, ich weiß gar nicht mehr so genau, wie sich das anfühlt, wenn es einem gut geht. Mir geht's total schlecht. Aber ich will mich gar nicht anders fühlen. Ich will nicht, dass es mir gut geht. Ich will nicht so sein, als wäre nichts passiert. Mama meint, wir sollten zu einem Psychologen gehen und mit ihm über Matthews Tod sprechen, aber ich weiß nicht, ob ich das will. Es wäre, als würde man einen Fremden hereinlassen. Und was ist mit dir? Wir haben gestern Abend ja kaum was geredet. Bitte entschuldige. Wie geht es dir? Geht's dir denn gut?«

»Geht schon«, log ich. Ich wusste, dass dies der richtige Moment war, alles zu erzählen, aber ich hatte Angst anzufangen. Wenn ich die Worte erst einmal ausgesprochen hatte, gab es kein Zurück mehr. »Das heißt, es geht so. Ich muss dir was erzählen. Etwas, das niemand außer mir weiß. Und das niemand erfahren darf. Du musst mir versprechen, es keinem weiterzuerzählen.«

»Was denn?«

»Bitte versprich es mir.«

»Worum geht's denn?«, fragte sie.

»Um etwas aus den Bergen. Um den Kerl, der Ms Jenkins umgebracht hat. Es sind gute Neuigkeiten. Du wirst bestimmt sehr froh sein. Aber zuerst musst du mir versprechen, keiner Menschenseele davon zu erzählen.«

Sie sah mir in die Augen.

»Na gut.« Sie klang nicht einmal sonderlich interessiert. Sie klang müde. »Ich verspreche es dir.«

Ich begann langsam. Tastete mich behutsam vorwärts und rechnete jeden Moment damit, dass sie mich unterbrechen würde. Tat sie aber nicht. Also erzählte ich weiter. Irgendwann war ich so in die Erzählung vertieft, dass ich nicht mehr sah, wie die Friedhofsbesucher kamen und gingen und wie der Wind Blumen über die Gräber wehte. Ich erzählte ihr, wie ich gestolpert war und sein Gesicht gesehen hatte. Ich erzählte ihr vom Krankenhaus, den Medikamenten und dass Margaret mich gerettet hatte. Von Andrew, der mich reingelegt hatte, und diesem Buch, in dem ich alles aufgeschrieben habe. Die Worte rauschten nur so aus mir heraus und mit den Worten kamen auch die Gefühle. Plötzlich schien alles wieder viel klarer. Ich war das Opfer. Ich war wütend. Ich war im Recht. Und ich hatte gewonnen: für mich, für Ms Jenkins' Familie, für Lisa und die anderen. Nach allem, was geschehen war, hüllten mich die Worte ein wie eine warme Decke. Die unerträgliche Last auf meiner Seele ließ nach. Endlich würde alles gut werden. Ich wollte Lisa in den Arm nehmen und ihr dafür danken, dass sie mir zugehört hatte. Und ich wollte, dass sie mir sagte, wie gut ich meine Sache gemacht hatte. Es gibt so viele Möglichkeiten, dumm zu sein, und das war meine.

»Mein Gott, du kannst wirklich froh sein, dass du noch lebst«, sagte sie leise.

»Ich weiß.«

»Und das war vorgestern, als du ihn im Krankenhaus zurückgelassen hast?«, fragte sie mit ernster Miene.

»Ja.«

»Das heißt, er lebt bestimmt noch.«

»Aber nicht mehr lange«, sagte ich, ohne zu begreifen, worauf sie hinauswollte. Wir schwiegen beide. Dann sagte sie es. Ruhig und bestimmt. Und einmal mehr bebte die Erde unter mir.

»Du weißt, was du tun musst, Marko.«

Niemals. Ich schüttelte den Kopf. Sie war auch da gewesen. Sie hatte ihre Leiche gesehen. Sie war gemeinsam mit mir verfolgt und angegriffen worden. Sie wäre auch fast umgebracht worden. Das konnte nicht ihr Ernst sein. Unmöglich. Ich wollte auf mein Rad steigen und davonfahren, ehe ich hörte, wie sie es sagte.

»Du musst ihn wieder freilassen.«

»Warum?«, hörte ich mich sagen. Ich zitterte und mein Mund war trocken. Sie zitterte auch. Es war nicht fair, dass wir das entscheiden mussten. Wir waren noch so jung.

»Sieh dich doch mal um«, sagte sie. »Verstehst du nicht? Die Welt braucht nicht noch jemanden, der Scheiße baut, Marko. Ohne uns gibt es schon genug Leid auf der Welt.«

»Aber wenn ich zur Polizei gehe, muss ich ins Gefängnis.«

»Du musst ihn wieder freilassen«, wiederholte sie.

»Aber er hat sie umgebracht.«

Ich spürte, wie sie neben mir ganz still wurde, und hörte sie schlucken. Als ich mich zu ihr umdrehte, sah ich eine Träne auf ihrer Wange. Der Wind wehte sie über ihr Gesicht und blies sie fort.

»Soll ich dir mal sagen, wie es auf Matthews Beerdigung war?«, sagte sie und ich war mir nicht ganz sicher, ob sie das Thema wechselte. Ich war mir bei überhaupt nichts mehr sicher. »Warst du schon mal dabei, wenn ein elfjähriges Kind begraben wird? Sie haben sechs Tage gewartet. Sie haben gewartet, bis ich wieder da war. Und als ich dann zur Beerdigung ging, war ich schrecklich müde und alles fühlte sich so überstürzt an. Ich stand die ganze Zeit unter Schock und kann mich an das meiste nur noch verschwommen erinnern. Es gab so viele Beerdigungen. Für unser Bestattungsunternehmen war es das fünfte Begräbnis an diesem Tag. Alles musste genau nach Plan ablaufen. Als wir aus der Kirche kamen, warteten schon die Nächsten darauf reinzugehen und wichen unseren Blicken aus. In der Kirche war es so voll, dass ich das Gefühl hatte, jeden Moment zu ersticken. Er war erst elf und es kamen so viele Menschen. Wenn ein elfjähriger Junge begraben wird, kann man nicht so tun, als wäre alles in Ordnung. Weil sein Tod einfach sinnlos ist. Dann geht einer nach dem anderen nach vorn und erzählt von den guten Zeiten, obwohl die guten Zeiten für immer vorbei sind. Die Leute sagen: ›Wenigstens war das oder wenigstens haben wir noch das.‹ Und weißt du, woran sie sich am meisten erinnert haben?«

Sie sah mich an, als erwartete sie eine Antwort, dabei kannte ich ihn überhaupt nicht.

»An die kleinen Dinge. An irgendwelche Kleinigkeiten aus dem Alltag, über die man gar nicht nachdenkt. Dass er mal jemanden zum Lachen gebracht oder jemandem einen Gefallen getan hat. Das ist eigentlich nicht viel, findest du nicht auch? Nicht viel, wenn man bedenkt, dass das am Ende von einem übrig bleibt. Und gleichzeitig ist es gerade das, was zählt. Zu dem Schluss bin ich jedenfalls gekommen, als ich in der Kirche saß. Dass wir trotz allem gute Dinge tun können, die irgendwie wichtig sind.«

Dann schwieg sie. Als hätte sie alles gesagt, was es zu sagen gab. Als müsste ich jetzt verstehen. Aber es war nicht mein kleiner Bruder. Ich war nicht in der Kirche gewesen und sie nicht im Krankenhaus. Ich konnte nicht einfach am Gesicht des Arztes vorbeisehen. Ich schüttelte immer wieder den Kopf, bis ich das Gefühl hatte, dass sich alles in mir auflöste.

»Das kann ich nicht, Lisa. Er wollte mich umbringen. Er hat sie umgebracht. Ich kann ihn nicht einfach gehen lassen.«

»Dann kann ich dir auch nicht helfen!«, zischte sie und sprang auf. Sie stürmte zu seinem Grab. Zweite Reihe, drittes von rechts. Ich saß einfach nur da und sah zu, wie sie auf die Knie sank und weinte.

Sie blieb zehn Minuten dort, vielleicht auch länger. Ich versuchte nachzudenken, während sie weg war. Ich versuchte, etwas zu fühlen. Ich versuchte zu verstehen. Aber mein Verstand wollte sich einfach nicht anschalten. Ich war leer und gefühllos. Ein absoluter Versager. Als sie zurückkam, setzte sie sich nicht. Sie stand breitbeinig vor mir, als machte sie sich auf den nächsten Schlag gefasst.

»Du kotzt mich echt an, Marko. Weil ich weiß, dass ich recht habe, und mir einfach nichts mehr einfällt, wie ich dir das noch klarmachen soll. Ich will dir nur noch eins sagen: Ich weiß nicht, warum er versucht hat, uns umzubringen, und ich weiß auch nicht, warum er Ms Jenkins getötet hat. Ich weiß überhaupt nichts von ihm. Ich weiß nur, was passiert ist. Aber das ist vorbei. Jetzt geht es nicht mehr um ihn. Irgendwann muss es aufhören. Hör endlich auf, nur an ihn zu denken! Denk lieber mal an dich! Du bist nicht wie er. Noch nicht. Aber wenn du ihn da nicht rausholst, dann bist du auch ein Mörder. Vielleicht sogar noch ein schlimmerer als er. Für immer und ewig. Sieh dich um. Dazu hast du dann beigetragen. Noch ein Loch in der Erde, an dem eine Familie steht und sich machtlos fühlt. Das ist nicht richtig. Das kann niemals richtig sein. Wenn du das tust, verabschiedest du dich von all den Dingen, die wirklich wichtig sind. Und dann gibt es kein Zurück mehr. Wenn du es dir jetzt nicht anders überlegst, dann hat er gewonnen. Denn dann ist es immer noch nicht vorbei und es wird erst vorbei sein, wenn auch du tot bist. Dann bist du für immer vom Leben ausgesperrt. Es ist mir völlig egal, wie richtig es sich im Moment für dich anfühlt. Eines Tages wirst du begreifen, wie es wirklich ist, und es so sehen, wie ich es jetzt sehen kann. Aber dann wird es zu spät sein. Verdammt, Marko, kapier das doch endlich. Bitte, du musst es einfach kapieren!«

Sie schwieg und sah mich an. Ihr Gesicht war tränenüberströmt.

»Willst du wirklich, dass er davonkommt?«, fragte ich.

»Für ihn ist es längst zu spät. Ich will nur, dass du noch mal davonkommst.«

In meinem Kopf ging es drunter und drüber. Alte Gedanken wurden verschoben und suchten einen neuen Platz. Ich blickte in ihr Gesicht, das so entschlossen war, wie ich es nicht einmal bei Rebecca gesehen hatte. Und plötzlich begann ich zu begreifen. Spät, aber vielleicht nicht zu spät.

»Und wie mache ich das?«

Sie antwortete nicht. Sie fiel mir um den Hals und drückte mich mit aller Kraft. Beinahe so fest und verzweifelt wie ich sie.